新 潮 文 庫

吾輩も猫である

赤川次郎　新井素子
石田衣良　荻原 浩　恩田 陸
原田マハ　村山由佳　山内マリコ

JN150076

新 潮 社 版

10641

目次

いつか、猫になった日　赤川次郎　7
妾は、猫で御座います　新井素子　35
ココアとスミレ　石田衣良　73
吾輩は猫であるけれど　荻原浩　97
惻隠　恩田陸　107
飛梅　原田マハ　125
猫の神さま　村山由佳　151
彼女との、最初の一年　山内マリコ　183

吾輩も猫である

いつか、猫になった日

赤川次郎

赤川次郎（あかがわ・じろう）

一九四八年、福岡市生れ。桐朋高校卒業。七六年「幽霊列車」でオール讀物推理小説新人賞を受賞しデビュー。二〇一六年『東京零年』で吉川英治文学賞を受賞。著書に「三毛猫ホームズ」「三姉妹探偵団」「子子家庭」「鼠」シリーズなどのほか、『セーラー服と機関銃』『ふたり』『記念日の客』『月光の誘惑』などがある。

1

どうやら、私は「猫」と呼ばれるものであるらしい。

私を見た人間が、

「おや、猫か」

とか、

「あ、可愛《かわい》い猫！」

などと言って、やたら私の頭や背中を撫《な》でたがる。

もっとも、不機嫌そうな顔をしたおばさんが、

「汚れた足跡つけて！　全く、もう！」

と、こっちをにらんだりもしているのであるが。

まあ、庭から直接上れば土や泥が床につくのは当り前のことで、私のせいにされても困るというものだ。

「図々《ずうずう》しい猫ね、本当に。勝手に上って来て」

と、不機嫌なおばさんは、「どこの猫？　早く出てってよ！」

と追い出そうとするが、私は素早くテーブルの下からソファの下へと潜り込んでしまう。

そういつまでも私に構っちゃいられないのだろう、その内、おばさんはどこかへ行ってしまった。――私はそおっと首を伸して、ソファの下から頭だけ出すと、部屋の中を見回した。

はっきりとは分らないが、この家はどこか懐《なつか》しいという気持を呼びさましてくれる。ここ、知ってる、と思っていたのだ。

そのとき、玄関の方から、

「ただいま！」

という声がしたのだが、そっちが玄関だということも、私には分っていた。

「まあ、涼子《りょうこ》様。お早かったですね」

「そりゃあ急いで来たから。――お父さんは？」

「さっき警察の方がみえて、ご一緒に」

「そう……。どうなってるのかしら」

「さあ、私には何とも……」

ソファの下から覗《のぞ》いていると、ドアが開いて、コートを脱ぎながら入って来た女性は、コートをそのままソファの背に放り投げた。

そのとき私は、

「いつもそうやって放り出して！　ちゃんと掛けなさい！」

と、無意識に言っていたのだ。

「キャッ！」

と、その女性は飛び上って、「ああびっくりした。どこの猫？」

あ……。私が言ったことは、通じなかったらしい。――うん、どうも自分にも「ニャー」としか聞こえなかった。

「分らないんですよ」

と、おばさんが言った。「さっき庭から入って来て、出て行こうとしないんです。叩《たた》き出してやりましょうか」

「いいわよ、放っといて」

と、涼子は言ってソファにかけた。「何か食べるものない？　お昼抜きでね」

涼子は？　――私はこの女性を知っている！

それをきっかけに、記憶がよみがえって来た。——ここは私の家だ！

何がどうなっているのか、記憶はぼんやりとしたり、はっきりしたり、まだら模様である。

私はこの家の主婦だった。もともと猫だったわけじゃない。それははっきりしていた。

この家には犬も猫もいたことがない。夫がペットを苦手にしていたからだ。

名前は……たぶん、酒井充《さかいみつる》。あ、主人の方だが。肝心の私の名前が思い出せない。

「ちょっと、灰皿ない？」

涼子がおばさんに声をかけながら、もうバッグからタバコを一本取り出している。

涼子、また喫《す》い始めたの？　一度はやめたのに……。

「旦那《だんな》様が全部捨ててしまったんですよ」

と、そのおばさんが小皿を持って来て、「これ、欠けてるんで、使って下さい。——今、チャーハン作ってますから」

「ありがとう」

涼子はたぶん三十二、三だったと思うが、結婚して、確か大沼《おおぬま》とかいう姓になっていた。東京でなく、地方に住んでいたので、来るのが大変だったろう。

涼子はひどく苛立《いらだ》っているようで、タバコも、三分の一も喫わないで小皿に押し潰《つぶ》していた。涼子は——たぶん、働いている。

仕事がうまく行っていないのか、何だか険しい表情をしていた。

バッグの中で何やらピーピーと鳴り出して、涼子は急いでバッグを開けた。

「——もしもし。——ええ、ついさっき。——分んないの。お父さん、警察に行ってるって」

——警察に何の用だろう？

「うん、今夜帰れるかどうか……」

と、涼子は言った。

——古い日本家屋だ。

縁側があって庭がある。今どきこんな家は珍しいだろう。

ああ、そうだ。私はいつも庭をはいて、水をまいていたっけ。

それにしても——どうして私は今、猫なのだろう？

その辺の記憶はさっぱりだ。

涼子がせっせとチャーハンを食べている。そう、あの子は小さいころからチャーハンが好きだった……。

玄関で音がして、

「帰ったぞ」

あれは——夫の声だ！　さすがに猫になっても忘れちゃいない。

「お帰り」

居間を覗いて、

「来たのか」

と、夫、酒井充は言った。

「だって……お父さん、気落ちしてるだろうと思って」

涼子は食べる手を休めて、「お葬式はいつ？」

「一応、警察の方で検死解剖がある。自殺だとな」

「じゃ、少しかかるの？」

「連絡がある。まあ、そう長くはかからんだろう」

「お父さん……。一人で大丈夫？　私は——本当は泊ってってあげたいけど、旦那《だんな》が
明日から出張で……」

「ああ。いいよ、心配するな」

「旦那様」

「保代《やすよ》さん、悪かったね。急なことで」

「いいえ。夕食、冷蔵庫に入れてあるので、よろしかったら召し上って下さい」

「うん、ありがとう」

「じゃ、私はこれで……」

「ご苦労さん」

――私は呆然《ぼうぜん》として、その会話を聞いていた。

私が死んだ？　それも「自殺」？

全く思い当らない。でも――ともかく死んだことになっているのは確かなようだ。

私は猫に生れ変ったのかしら？　そんなことって……。

保代さんは、以前、私が腰を痛めて寝込んでいたときに頼んでいたお手伝いさんだ。

保代さんが帰って行くと、夫はぐったりとソファに座り込んだ。

「疲れてる？」

と、涼子が言った。「そりゃそうだよね。でも――一体何があったの？」

「分らん。いつもと少しも変りなかったんだ。それが……。どういうことなのか、俺にもさっぱり分らない」

夫、酒井充は急に十歳も老《ふ》け込んで見えた。今年六十歳。大学での教授の職が定年を迎えたばかりだった。

「あなた！　私、自殺なんかしないわよ！」

つい、そう訴えていた。

「――何だ、猫か」

と、充は目を丸くして、「いつ来たんだ？」

「さっき勝手に入って来たんだって。追い出す？」

「いや、放っとけ。エサをやらなきゃ、その内出て行くさ」

充は涼子を見て、「お前、またタバコ喫ってるのか」

「落ちつくのよ、喫ってると。いつもじゃないわ」

「大沼君は忙しいのか」

「相変らずよ。――ね、何ていったっけ、お母さんと一緒に死んだ人」

「ああ……。松山《まつやま》、とかいったな」

「お父さん、知ってる人？」

「いや、会ったこともない」

「お母さんは同窓会で会ったんでしょ？」

「そういう話だが……。もうどっちも五十五だ。恋に落ちるって年齢《とし》じゃあるまい。しかも、心中するなんてな……」

私はそれこそ腰が抜けるほど驚いた。

心中？　私が？

「心中したとしたら、その前から、きっと会ってたんでしょうね」

「まさかとは思うがな……。俺はまるで気付かなかった」

気付かなかった、って……。

私が浮気してたってこと？

冗談じゃない！　夫に通じないことは分っていながら、私は抗議の叫びを上げていたのだった……。

2

夜になって、涼子は帰って行った。

一人残った夫は、ぼんやりとソファに座ったまま、動かない。娘が帰ってから、夫がしたのは、居間の明りを点《つ》けただけ。

カーテンぐらい閉めなさいよ！

そう言ってやりたいが、言ったところで通じないのだ……。

しょうがないけど……。何しろ、私がいたときも、お茶一つ自分ではいれなかった人である。

これから一体どうするんだろう？　私は気が気ではなかった。

自分の身に起ったことも心配だが、こうしていると、まず夫を何とかせねば、と思ってしまう。

「ねえ、ちょっと」

と、夫の足下へ寄って行くと、

「何だ、まだいたのか」

夫は我に返った様子で、「どこの猫だ？　野良《のら》じゃなさそうだが……」

「そんなこと言ってないで！　何か食べなさい！　倒れちゃいますよ！」

ガミガミ言ってやると、さすがに夫も、

「腹が空《す》いてるのか？」

と立ち上って、「待ってろ。何かあるか見てやる」

台所へ入って、冷蔵庫を開ける。

「ああ、そうだ。保代さんがこしらえてってくれたんだな」

と言ってから、「そういえば、俺も腹が減っていた……。忘れるところだったよ」

そうそう。何があっても、生きてる内は食べなきゃ！

夫はあれこれ迷いながらも、何とか電子レンジで夕食を温めることができた。ついでに私にも皿に分けてくれる。

味は悪くなかった。ただ、夫は血圧が高い。もうちょっと塩分を控えてくれないと……。

食べ終ると、夫は食器を洗おうとして、

「どれが食器用の洗剤だ？　――これかな？」

違う！　それは流しのステンレスの洗剤！　よく読んで！

「ああ、これだ……」

洗剤をじかに皿にかけるものだから、流しが泡だらけ。スポンジにちょっと垂らすだけでいいのよ！

やれやれ……。

夫は学者で、およそ浮世離れした人である。どうなるんだろう、これから？

「――風呂《ふろ》か」

風呂好きな夫は、一応お湯を入れるぐらいのことはやれる。

だが——お湯を入れていると、玄関のチャイムが鳴った。誰だろう？　夫には全く聞こえていない。

「あなた！　お客さんよ！」

しつこく言ってやると、夫も気付いて、玄関へ出て行った。

「——どなたで？」

夫は、黒いスーツの三十代半ばかと見える女性に当惑気味だった。

「酒井様でいらっしゃいますね」

「そうですが……」

「私、松山伸代《まつやまのぶよ》と申します」

と、その女性は言った。

「松山……」

「はい。奥様と一緒に亡《な》くなった松山悟《さとる》の娘です」

「ああ……」

——私の心中相手の娘？

私もだが、夫も、どんな顔でいればいいのか分らない様子だった。

「母は十年ほど前に亡くなりまして」

と、その女性は言った。「私は父と二人で暮していました」

「なるほど」

他に言いようはないんだろうか？　私は居間の隅に座って、二人を眺めていた。

「あの……」

と言いかけて、松山伸代という女性は、うつむいたきり黙ってしまった。

夫は何と言っていいのか分らないのだろう、ただ座って、ときどき庭の方を見るだけ。

「あのね、お客さんなんだから、お茶ぐらい出せば？」

と言ってやると、なぜか夫はそれを分ったみたいで、

「あ、失礼。お茶もさし上げずに」

と立ち上った。

「いえ……。お構いなく」

「まあ、ちょっと待って下さい」

今からお湯をわかしても時間がかかる。ペットボトルのお茶を出しときなさいよ。

夫もそう思ったらしく、ペットボトルのウーロン茶をグラスに注いだ。——そうそう、あなたにしちゃ上出来。

「まあ、どうぞ」

コースターもなしにグラスをじかにテーブルに置いて、自分も飲みながら、「いや……どうも大変なことですね」

と言った。

すると——突然、松山伸代がソファからパッと床に下り、正座して深々と頭を下げた。

「申し訳ありません！　父がとんでもないことをしてしまって」

と、涙声で、「奥様を巻き添えにして、あんなみっともない死に方を……」

夫はびっくりして、唖然《あぜん》としていたが、

「いや、あなたが謝ることはない、さあ立って。——手を上げて下さい」

「本当に何とお詫《わ》びしていいか……」

と、しゃくり上げている。

「お互い大人同士ですよ。どっちのせいというわけでも……。しかし、あなたは知っていたんですか？　その……うちの家内とお父さんが……」

「いいえ。全く知りませんでした」

「そうですか。いや、僕もね、まるで思い当ることがない。これって何かの間違いじゃないかと思うんですよ」

「酒井さん……。私もそういう気がしているんです」

仲代はソファに座り直すと、ウーロン茶をおいしそうに飲んで、「同窓会の帰りに心中するなんて。もし、もともと付合っていたのなら不自然じゃないでしょうか」

「同感です。ただ——二人は橋から川へ身を投げて水死した。しかも二人は手首をネクタイで結びつけていた……」

ネクタイ？　——私はハッとした。

何か憶《おぼ》えている。ネクタイのこと……。

「心中と思われても仕方ありませんね」

と、仲代は言った。

「まあね。だが……どうも納得できない」

「そうだわ」

仲代はバッグからケータイを取り出した。「あのとき、父が同窓会の席からメールをよこしていたんです。それに奥様のことが」

「何とあったんですか？」

「――これです」

仲代がケータイを夫へ渡した。私は素早くソファの背に飛び上って――身軽になったものだ――夫の肩越しにメールを読んだ。

〈やれやれ、疲れるよ。途中で抜け出して帰ろうと思う。三田《みた》の奴《やつ》が悪酔いして、桜《さく》木《ら》百合《ぎゆり》に絡《から》んでいる〉

「桜木百合さんというのは奥様の――」

「ええ、桜木は結婚前の姓です」

夫はそのメールをくり返し読んで、「うーん。確かに、これから心中しようという感じではないですな」

「私もそう思います。――でも、結局、父は同窓会の終りまで残っていたんですね。そして帰り道で奥様と……。何があったんでしょう？」

――私の頭の中に、ぼんやりとあのときの光景がよみがえって来た。

同窓会。――私も少しビールを飲んだが、もともとアルコールは好きじゃない。

〈三田が桜木百合に絡んでいる〉

三田……。同じクラスにいたのは何となく憶えている。

三田……徹也《てつや》といったか。むろん、お互い五十五になって、高校生の面影はなくなっていただろうが……。

三田に絡まれたという記憶は、曖昧《あいまい》なままだ。

「——お邪魔して」

と、松山伸代は立ち上った。「あの——奥様のご葬儀に伺ってもいいでしょうか」

「ええ、そうしてやって下さい。——あなたも一人になって、大変でしょう」

夫が玄関へ、伸代を送りに出て行く。

「まあ……お互い力を落とさないようにしましょう」

「ありがとうございます」

あ、夫が伸代の肩に手をかけたりしてる！

ちょっと！　触っちゃだめでしょ！

「あの……」

と、伸代がふと首をかしげて、「何か……水の流れる音が」

大変だ！　お風呂のお湯！

「いかん！　湯を入れっ放しにしていた！」

夫はあわてて風呂場へと駆けて行った。

自分のお通夜《つや》を眺めるというのは、妙な気分のするものだ。当り前かもしれないが。

3

涼子がやって来て私を見ると、

「まだいたの、この猫」

と言った。

「うん。何だかうちで落ちついてるんだ」

と、夫は言った。

「そう。ま、気が紛れていいかもね」

——お通夜には、私の知り合いだけでなく、夫の大学での同僚や、涼子の友人たちもやって来た。

私は、椅子《いす》にかけている夫のすぐそばに座っていた。

自宅でのお通夜は、最近は珍しい。ほとんどが斎場で営まれるが、死んだ当人としては(?)、やはり長くなじんだ家で送られたい。

私は何だか複雑な気分で正面の遺影を見上げた。——もうちょっとましな写真、なかったの？

そのとき、座っていた私の高校時代の女友達が、

「あ、三田君だ」

と言うのが聞こえた。

三田？　あの同窓会で私に絡んだという男。

何だかおずおずと入って来たのは、すっかり頭の禿《は》げ上った、小太りな男だった。

これが三田？　――私はかつての姿を思い出せなかった。

「三田君、こっち」

と、女友達が手招きして、三田は隣の椅子にかけた。

「三田君、同窓会に出てたんでしょ？」

「ああ……。一応ね」

「その帰りにね。松山君と心中なんて……」

「うん、びっくりしたよ」

「私、出席しなかったけど、どんな様子だった？」

「いや……別に……」

と、三田は口ごもった。

焼香が始まっていた。

「ね、三田君ってさ、百合のこと、好きだったんだよね」

と言われて三田は、

「そんなこと……。もう昔だよ」

と、ごまかすように言った。

友人達が焼香し、夫の方へ一礼して行く。そして三田も……。

焼香して手を合せると、三田は夫の前へやって来て、

「この度は――」

と、頭を下げた。

その拍子に、座って見上げている私と目が合った。三田は一瞬、真青になって、

「どうしてここに……」

と口走った。

この男は、私を知っている。酒井百合でなく、猫の私を。

私は思い切り甲高い声を上げて、鳴いてやった。そして三田の足下へと飛びかかった。

「やめてくれ！」

三田はよろけて尻《しり》もちをついた。「向うへ行け！　お前は——死んだはずだ！」

それを聞いて、夫も立ち上ると、

「おい！　それはどういう意味だ！」

と、三田の胸ぐらをつかんで、「お前は同窓会で百合に絡んだそうだな！」

「そんなこと……僕は……」

「何があったんだ！　そんなに怯《おび》えてるのはどうしてだ？」

私が三田の胸もとめがけて飛びつくと、三田は、

「やめてくれ！　許してくれ！」

と、手を振り回して叫んだ。

その瞬間——私は思い出した。


同窓会の帰り道、私は松山と一緒に歩いていた。

三田に絡まれたとき、松山がうまく間に入って引き離してくれたのである。

「——三田の奴、今でも君を諦《あきら》め切れないんだな」

と、松山は言った。

「よして。昔も今も、三田君なんて、ろくに憶えてもいないわ」

と、私は肩をすくめた。

私たちが大きな川にかけられた橋を通りかかったときだった。

「——猫が鳴いてるわ」

「ああ、どこだろう？」

まるで「助けて！」と叫んでいるような鳴き方だった。

「——まあ、あそこだわ」

橋の手すりから外側を覗くと、橋げたの一番上の辺りに、猫が一匹、どうやってあんな所に行ったのか、身動きできずにニャーニャーと鳴いていたのだった。

「あのままじゃ落っこちちゃうわ」

下の川は流れも速い。落ちれば猫は確実に溺《おぼ》れ死ぬだろう。

「よし、僕が助けてやろう」

「松山君、危いわよ」

「なに、大丈夫さ。酔っちゃいないし、学生時代は体操部にいたんだぜ」

「でも……」

松山はネクタイを緩めて、首回りを輪にしたまま頭から抜くと、

「これ、持っててくれる？」

「ええ、いいわよ」

私はネクタイの輪になったところを手首にかけ、松山はもう一方の端を手に絡めて、手すりを乗り越えた。猫はニャーニャー鳴き続けている。

「よし……。じっとしてろよ。――今、助けてやるからな」

足下のわずかな出っ張りを辿《たど》りながら、松山は猫の方へ少しずつ進んで行った。

「気を付けて……」

と、私は手すりから精一杯身をのり出して、しっかりネクタイをつかんでいた。

「――よし、捕まえた！」

松山が猫を片手で抱き上げる。私はホッとして、

「良かった！」

と言った。

そのとき――足音がして、振り向くと、三田が目の前にいた。

そして三田は私を押したのである。

どうしようもなかった。私は川面《かわも》へ向って落ちて行き、手首にかけたネクタイの輪は締って、松山を引張り落としてしまった。

流れが私を呑《の》み込んだ。――あの猫はどうしただろう、と私は一瞬考えて、水の底

深く引きずり込まれて行った……。

「おかしいと思ったよ」

と、夫は言った。「お前が心中なんてな」

写真は、私の気に入っている一枚に換えられていた。

「三田は泣いて謝ってた。奥さんに逃げられて、お前に相手してほしかったんだな。警察で素直に自白したそうだ」

夫は私を見て、

「お前のおかげだよ。猫ってのはふしぎだな」

と、声をかけた。

どういたしまして。——命を救われた猫の恩返し、ってところ？

玄関で、

「ごめん下さい」

と、声がした。

あなた！　鍵《かぎ》かけ忘れたでしょ！

「——やあ、どうも」

松山伸代だった。大きな紙袋を両手にさげている。

「突然すみません」

と、伸代は言った。「お一人で、何かとご不便じゃないかと思って……。勝手を言ってすみません。あの——お食事の仕度をさせていただけないでしょうか」

え？　——ちょっと！　それって、どういうこと？

夫は当惑顔だったが、伸代は買って来たものをさっさと冷蔵庫へしまって、

「夕飯は七時ごろでよろしいですか？」

と、エプロンまで取り出す。

「ああ……。結構です」

「お湯を入れっ放しにされないように、見ていますわ」

エプロンをつけ、流しに置いてあったお皿や茶碗《ちゃわん》を手早く洗い始める。

この人……。涼子とほとんど変らない年齢なのよ！

夫は何だかくすぐったそうな顔で、台所の伸代を眺めていたが、

「じゃ……仕事をしてるから」

「はい、どうぞ」

——そう。私は猫なんだから、家事まではやってあげられない。

夫が、いずれ仲代と……。

冗談じゃない！　六十にもなって、三十ちょっとの女性と……。

「待ってね」

と、仲代は私の方へ言った。「今、エサをあげるからね」

やれやれ……。

このまま、夫が若い彼女と再婚するのを見せられるの？

いっそ、私がいない方が……。

少し考えて、私は、

「いやだ！」

と、断固として首を振った。「うんと邪魔してやる！」

でも、仲代はニッコリ笑って、

「可愛いわね。よろしく」

と言った。

私は苦笑いした。――猫の苦笑いって、どんなの？

妾《わたくし》は、猫で御座います

新井素子

新井素子（あらい・もとこ）

一九六〇年、東京都生れ。立教大学文学部卒業。七七年「あたしの中の……」が第一回奇想天外SF新人賞佳作に入選しデビュー。八一年「グリーン・レクイエム」で、八二年「ネプチューン」で二年連続の星雲賞日本短編部門受賞。九九年『チグリスとユーフラテス』で日本SF大賞受賞。ほかの著書に『イン・ザ・ヘブン』『ダイエット物語……ただし猫』などがある。

妾《わたくし》は、猫で御座います。

名前は、まあ……「ファー」って呼んでいただければよろしいのではないかと。正しくは、フルネームで、「バクテリオ・ファージ・Ｔ４」と申すのですが、ですけれどね、この名前は、さすがに、如何《いかが》なものかと。だって、これ、どこからどう聞きましても、字面《じづら》をどう眺めまわしてみましても、猫の名前とは言い難いのではありませんか？　これを、〃猫の名前だ〃と強弁するのは、本猫である妾に致しましても、いくら何でも。……ちょっとその……何と申しますか、致しかねます。

と、まあ、このような名前を猫につける処《ところ》からして、妾の主人である〃陽子さん〃というひとが、あまりまっとうなひとではないことは、お判《わか》りいただけるのではないかと思っております。はい、このひとは、〃小説家〃というものを生業《なりわい》にしておりまして、あら、おやまあ。どうやら妾の先達である、〃名前はまだない〃猫の御主人と、同じ生業でありますわいなあ。（いえ。お話の中では、〝名前はまだない〟猫の方の御主人、教師をやってらっしゃるのですが、このお話をお書きになった方が、最終的に日本有数の小説家になったことは、ほぼ日本の常識ではないかと思われます。）

小説家。

この生業はいけません。おそらく、まっとうな商売ではないのではないかと、妾なんぞは愚考致します。いえ、飼われている猫の分際で、飼い主の生業についてこのようなことを申し上げるのは、これまた如何なものかとも思うのですが、ですが、多分、この感覚は正しい。（いや、その前に、〝名前はまだない〟猫の御主人と、妾の主人を同列に扱ってはいけないのではないかと、さすがに、妾でも思います。人間的、世俗的意味で、〝格〟というものが御座いますでしょう？　多分、この二人は、同じ仕事を生業にしているとは言え、いえ、それだからこそ、余計に同列に扱ってはいけないものではないかと。ですが、それはそれ。人間界の勝手な事情で御座います。そういう、人間の社会の中での意味合いをすべておいておくとしても、そういう話はすべてなしにしても、それでも、〝小説家〟という生業はまっとうなものではない。これは、これだけは、心から主張したい、絶対的な事実であると、妾は確信しております。）

そもそも、主人が勝手につけてくれました、妾の名前である、猫の名前とは思いにくい、「バクテリオ・ファージ・T4」とは何であるのか。

これは、主人である陽子さんに言わせると、「生き物であるって言っていいのかどうか微妙な感じがする謎《なぞ》のもの」の名前なのだそうです。何でも自分ひとりでは何もできない、ただ、生き物であるバクテリアにとりついて、そのバクテリアの中に、自分の遺伝情報をすべて放出してしまい、そのバクテリアの体内器官を使い、自己の複製を作り、結果として、そのバクテリアを溶かし、自分の複製をバクテリアの体外に放出する、増殖以外何もしないもの、そういう存在なのだそうです。（この説明で、バクテリオ・ファージが如何なるものであるのか、お判りいただけましたでしょうか？　実は、妾にはまったく判りません……。何でも、〝バクテリオ・ファージ〟というのは、〝バクテリアを食べるもの〟という意味の言葉なのだそうですが、妾、バクテリアなんて食べたいと思ったことは一回も御座いません。おいしいのでしょうか？　バクテリアって、日本語にすると細菌なのだそうで、絶対においしくなさそうでは御座いませんか。というか、食べたらお腹《なか》を壊すに違いないと思います。）

そういう、「生き物であるって言っていいのかどうか謎だ」なんて、自分で思っている存在を、「ファージにとって〝生きている〟ってどんな状態なのかなー、この子の一生ってどんな気分なんだろう、それにもう、何かの機械にしか思えないこの形状！　これ、可愛《かわい》いー、すんげえ可愛いー」って評価する陽子さんの感性。また、挙げ句、その存在の名前を、自分の猫につけてしまう、こういう、陽子さんの姿勢。これは、如何なものなんで御座いましょうか。妾としましては、愁《うれ》うばかりで御座います。

ファージという名前を聞いた時。世の中には、様々なひとがいます。様々な反応が御座います。

「あ、ファー（fur）？　毛皮？」

などとまあ、言ってくださる方もいらっしゃいまして、ああ、そういうひとは、本当に有り難い。英語の〝ファー〟には、確かに〝毛皮〟という意味が御座いまして、確かに妾、もこもことしております。かなり、〝毛皮〟っぽいです。ですので、妾の名前の起源が〝毛皮〟だったのなら、それはそれで納得できるのですが。

「ファッジ（fudge）？　お菓子？」

なんて言ってくださる方もいらっしゃいます。これも本当に有り難い。妾に致しましても、〝細菌なんていう、絶対に食べたくないものを食べるという意味の名前〟よりも、おいしいお菓子を名前にしていただいた方が、なんだか嬉《うれ》しいような気が致します。

ところで。妾が、この家で、今、何をしているのかと申しますと……非常に僭越《せんえつ》ながら、主人である処の、陽子さんを、守っております。

いえ、あの、ね？

ひとは、何故《なぜ》、猫を飼っているのか。話はそういう処にまで、遡《さかのぼ》ってしまうのですが。

ひとは、何故、猫を飼っているのか。「猫が可愛いからだ」と仰《おっしゃ》る方は、とても沢山いらっしゃいます。というか、ほぼ、大多数の方が……この意見？

妾、この意見に異論は御座いません。とても正しい御意見だと思います。はい、猫は、可愛いのです。妾を含め、すべての猫は、そもそも存在論的に言って可愛いのですから、この御意見に間違いは何ひとつ御座いません。けれど、それを言うのなら。〝可愛い〟動物は、他にも沢山、いますでしょう？

妾思いますに、やもりさんなんて、とても、とても、可愛らしいです。もう、見つけたら最後、どうしたって手を出さずにはいられない、ちょいちょいって引っかけて、思いっきり遊び倒したくなる可愛らしさです。ついうっかり殺さずにはいられない程の可愛らしさです。

蚯蚓《みみず》さんも、普段家の中にばかりいる妾は、あんまりお目もじすること、叶《かな》いませんが、可愛らしさではかなり上の方にいらしていると存じます。稀《まれ》に外に出た時。お庭で。地面から、ちょっと覗《のぞ》いている蚯蚓さんを、爪《つめ》で引っかけて釣り上げる、ああ、この時の、蚯蚓さんの可愛らしさときたら！　くねくね、くねくねくね、体をまげて、妾の爪から逃れようとする蚯蚓さんの可愛らしさときたら！　わはははははい、誰が逃《のが》すものですか。この可愛らしい蚯蚓さんを、妾は、妾は……。ええ、こんなに可愛らしい生き物、他にあんまりいないのではないかと、妾は思ってやみません。

ゴキブリさんも素敵です。あの方々は、家の中にも時にはいらっしゃいますので、妾も稀にお目にかかるのですが、あの方々、なんだかもう、本当に本当に打たれ強い。家の隅で、かさって音をたてたゴキブリさんを素早く発見、ぱしって叩《たた》くのは、もう、なんだか猫の本懐って気分なのですが、これで、ゴキブリさん、なかなか素直に、すぐには、お亡《な》くなりにならない。凄《すご》いです、素晴らしいです。ふっと目をそらすと、すすすって逃げていってしまうゴキブリさん。それを再び、目にも止まらぬ速さでぱしっと叩く妾。ああ、猫に生まれてよかった、猫で幸せだって思える瞬間ですよね、これ。これを味わわせてくださるゴキブリさんは、〝可愛い〟のとはちょっと違う、もう、素敵としか言いようがない存在です。

ですが。不思議なことに、やもりさんや蚯蚓さんやゴキブリさんは、人間のひと、あんまり、可愛らしいとも素敵だとも思わないようなのですね。やもりさんや蚯蚓さんのことを可愛いっていう人間のひと、妾は寡聞《かぶん》にして存じあげません。ゴキブリさんに至っては、どうやら嫌われてすらいる風情《ふぜい》があります。(妾の主人である陽子さんを除いて。このひとは、世界に存在する、ほぼすべての生き物を、問答無用で〝可愛い〟って思ってしまうひとのようなんです。……これはこれで、如何なものであろうかと、妾は思うのですが。)何故なんでしょうか。本当に不思議です。

って、話が、いささか、ずれましたよね。

はい、話を戻しましょう。

ひとが、何故、猫を飼うのか、その理由を、今、妾は考察していたのですね。そして、「一般的には、猫が、〝可愛い〟からだ」という理由を、唯今《ただいま》、妾は論理的に検討している処です。

ここで。大変大きな疑問がでてきてしまいました。はい、あんなに可愛いやもりさんや蚯蚓さんが、あんなに素敵なゴキブリさんが、何故か一般的には、可愛いとも素敵だともいう評価を得ていない。(少なくとも陽子さん以外のひとからは、あんまりこの評価を得ていない。）これは、不思議というにもあまりに不可解な事態であって……。

　こんな事態がまかり通る以上、人間のひとが思っている、〝可愛い〟という言葉には、あるいは何らかのバイアスがかかっている可能性が高いです。〝ひと〟という生き物の、〝可愛い〟〝可愛くない〟という感情には、論理性というものがないのではないかと思われます。

　これは、とても大きな問題です。

　ひとという生き物は、〝可愛い〟〝可愛くない〟などと、口では言いながら、実はその判断の根拠が、まるでない。ひとという生き物の〝可愛い〟の基準は、おそろしく恣《し》意《い》的であり、客観的な根拠がまるでない。

　事実、そうではあるのですが（ということを、妾は体験として知っているのですが、体験として知っていることを〝事実〟に混ぜてはいけないと思ってもいます）、これはもう、どうしたらいいのでしょうか。

　この場合、ひとまず、それをおいておくのがよいのでしょうか。

　それを、おいておいて。あくまで、新たな問題提起として。次のような問題を提示するのがよいのでしょうか。

〃可愛い〃関係は考慮から外すとして。それでは。何故、ひとは猫を飼うのでしょうか。

あ、勿論《もちろん》、当然、妾達猫が本当に可愛いからですよ？　これだけは疑って欲しくはないです。妾達猫は本当に可愛い、ですので、「猫が可愛いからひとは猫を飼う」という理由は、かなりの部分、とても正しい、でも、やはり「本当に可愛いやもりさんや蚯蚓さんを無視する」処からして、人間の言っている〃可愛い〃という理由は、全面的に正しいものとは言い難いのです。これらの事実を勘案しますと、おそらく、ひとが猫を飼う理由には、人間が意識していない、まったく別種の理由が、ある筈《はず》なんです。

勿論、猫は〃可愛い〃のですが。その理由はとても大きいのですが。ですが、それ以外の理由が、絶対に、ある。あるとしか思えない。ある筈なんです。

はい。

答は、とても簡単です。陽子さんが意識をしていないだけで、人間のひとがそれを意識していないだけで、実は。

実は、妾が、猫が、陽子さんを、ひとを、守っているからです。

前にも言いました。この家で、妾が何をしているのかって。実は、妾は、陽子さんを、守っているのです。ただ、陽子さんが、そして、ひとという種族が、それを認めたくないから、だから、それに気がついていないだけなので御座います。

はい。

妾達猫は、ひとという種族が認めていないだけで、実は、ひとを、守っているのです。そこの処、ぜひ、お含みおき下さいますよう。

妾達猫は、そういう種族なので御座います。

☆

先日。クリスマス、と、いうのでしょうか、いわゆる耶蘇《やそ》のお祭りですね、その前の日に。(クリスマスというお祭りは、何故だか判りませんが、不思議なことに、前日の方が盛り上がってしまうらしいのです。イブ、と、いうらしいです。不勉強にも妾は、最初、この〝イブ〟というのをevening の略だと思っておりました。ですが、これだと、クリスマス・イブというのは、クリスマスの夕方ということになってしまい、実情とは違ってきてしまいます。そうなんです、違うのですね。これは、あくまで単独の〃eve〃という言葉であって、これは、〃前夜〃という意味なんだそうです。そうです、つまり、〃クリスマス・イブ〃は、〃クリスマスの前夜〃という意味なんだそうです。)

妾の主人である陽子さんは、お客様を迎えました。妹さん御一家。具体的に言えば、妹さんと、その配偶者である義弟さん、甥御《おいご》さんと姪御《めいご》さん。

陽子さんの旦那《だんな》様と一緒に、みなさま、何でもこの日の恒例であるという、ローストチキンという鶏肉《とりにく》を食され、大人達は和やかにワインという紅《あか》いお酒を嗜《たしな》まれ、和気藹々《あいあい》と過ごされたのですが。

その時、ふいに、甥御さんが。

「痛《い》て」

って、言ったのですね。

「おばちゃん、なんか、痛い」

「って、何」

この家のリビングの床は、フローリングという仕様になっております。この家には他に畳の部屋が御座いますので、それで妾、断言できるのですが、フローリングというのは、とてもつまらない床です。固いし、爪はたたないし、それでも何とか爪をたてようとしますと、つるつる滑ってしまいます。暖かみがあり、爪をたてることが容易であり、しかも日本古来から愛されている畳を排して、何故、こんなつまらない床を、それも、リビングなどという、家族が集まる大切な処に施すのか。これは、本当に謎です。

ま、とは言いますものの、陽子さん、この床に、ホットカーペットというものを敷いており、(これは、どういう訳なのか冬場は暖かくなるので、妾としては許せるものです。しかも、爪を非常に研ぎやすい材質をしております。素晴らしいです。……ただ、ここで爪を研ぐと、陽子さんがひたすら怒るので、これだけは妾には納得ができないのですが)、その上に座布団を載せて、正座してちゃぶ台を使っています。正座をするのなら、畳の方が、遥《はる》かにいいのに。陽子さんの、いえ、人間の生活様式には、謎がとても多いのですが、フローリングの床で座布団を敷いてまで正座をするという陽子さんの生活様式は、妾にとって、解けない謎のひとつです。(また。フローリングの床の上にホットカーペット敷いて、その上に座布団を敷いて正座をしてちゃぶ台を使うという、陽子さんの生活様式は、どうやら、普通の人間のひとから見ても、おかしいらしいです。繰り返しますが、何故、陽子さんがこんな不思議な生活様式をとっているのか、妾にしてみれば本当に謎です。)

ま、それはさておき。

座っていた甥御さんが、急に言ったのですね、痛いって。

驚いた陽子さんがそれを追求した処、甥御さん。

「こんなものが足の下に挟まってた」

って、何やら白いものを陽子さんに示したのでした。白い、見るからに硬そうな、何かの破片のようなもの。

「なんか、座布団の下にこれが挟まっていたみたい。だから、痛かったんだー」

「ああ、ごめん、ごめん」

陽子さん、慌《あわ》てて謝り、そしてそれから。

「それ、多分、貝の破片だわ。うち、今、オール電化の家ってことで、コンロが全部IHになってるじゃない。だから、直火《じかび》で何かをあぶることができなくって……で、この間、ここに、携帯用ガスコンロ置いて、そこで貝を焼いてみたんだわ。その時、貝がなんだかやたらと爆《は》ぜて、だから、その破片が、あんたが今いる処まで行っちゃったんだ」

……まあ……事実は……そう、だったんでしょう。それを妾も否定は致しません。

ですが陽子さん、これは、この状態は、掃除の不備だと、普通は申し上げます。

「おお。コンロで焼くって、焼き蛤《はまぐり》ですかあ。いいなあ、うまそうですよね」
って、これは、陽子さんの掃除の不備をあげつらってはいけないと思った、だから
それを無視してくれた、とてもありがたい義弟さんの台詞《せりふ》。
「いや、焼き蛤は、無理だった。……だって、蛤って、結構高いんだもん」
なのに、それに対する、この情けない台詞が陽子さん。
「蛤が無理だったんでね、代用の貝で。網の上に貝を載せて、ガスコンロで焼いてい
って、貝が口を開けたら中にお醬油《しょうゆ》投入。貝の中から水分がでてくるじゃない、そこ
にお醬油いれて、お醬油とその水分が混じったところで、ぱくっておいしくいただく
の」
「おお、うまそー」
「おいしかったよ、実際」
「でも、蛤が無理って……お姉ちゃん、蛤なしで、それ、どうしたの。あさりやしじ
みじゃ……ちょっと小さくない？　大きいあさりなら何とかなるような気もするけど、
しじみでそれは無理だよね」
って、これは、陽子さんの妹さんの台詞。
「んー……ホンビノス、貝？　なんか、そんな名前の貝。最近、近所のスーパーで、

よく売ってるの。けっこ安いよ。んで、見た目と味は、蛤に似てるし」

「え！」

ここで、甥御さんがいきなり介入。

「ホンビノス貝？　おばちゃん、ホンビノス貝、食べたの？　食べちゃったの？　ホンビノス貝を！　つーか、俺が痛かったのは、ホンビノス貝の破片があたったからかよお」

何でここで甥御さんが急に介入してきたのか、そもそも陽子さんには判っておりません。しかも、甥御さん、なんだかしみじみと、自分の膝《ひざ》の下から回収された、貝の破片を見ている風情ですし。

「ホンビノス貝って……食べちゃ、いけなかった……の？　何で？」

「いや、だって、ホンビノス貝だろ？」

「うん、だから、ホンビノス貝。蛤の代用になるって、白ハマグリってスーパーのポップには書いてあったと思うんだけれど……これに、何か、問題が？」

「いや、だって」

ごっくん。一回、唾《つば》を飲み込むと、甥御さん。

「この前、ちょっと、生物の寿命について調べたんだけれど……〝寿命〟とか〝最

"って言葉でスマホで検索かけると、その時ででてきちゃったのが、ホンビノス貝なんだよ。世界最長寿の生き物ってなカテゴリーにいて、なんか、五百歳超えてる奴《やつ》が、いたんだと思う。だから覚えていたんだよ。四百年くらい、平気で生きますっていう貝なんだ。……んで……そんな貝を……食べちゃったの、おばちゃん。焼き蛤の代用って感じで、四百年の歴史を、一瞬で。しかも俺の足にあたったのが、そんなホンビノス貝の破片って。じゃ、俺の足にあたったのは……四百年前の……」

「ええええええー、食べちゃいけなかったの？」

って、陽子さんが言った瞬間、妹さんが。

「四百年から五百年生きている貝？　つまり、その貝、１６００年代から生きていたってことになる訳？　……んでもって、１６００年って……」

「江戸幕府ができた時代だなあ」

陽子さんの旦那様が、余計なことを言ってしまったせいで、事態は見事に紛糾します。

「あ……あたし、江戸幕府ができた頃の貝を……食べちゃった、って、こと、なの？　そんな、歴史の証人みたいな……そんな貝を……網に載せて焼いてお醤油つけて、あらおいしいって……」

「いや、お義姉《ねえ》さん、それは多分違います。違うと思います。きっと違います。いや、その、確かに、その貝は、四百年生きる貝かも知れません。けど、江戸時代からずっと東京湾にいた貝を、お義姉さんが食べたとはちょっと思いがたくて……いや、貝って、きっと、長く生きていればいる程、どんどん大きくなるでしょう？　四百年生きた貝は、もう随分大きくなっている筈。けど、お義姉さんは、普通の蛤くらいの貝を食べたんでしょう？　なら、そんなに年とった貝じゃ、ないと思いますよ。もっとずっと若い……」

「でも、若いなら食べていいっていう理屈は成り立たないと」

「んなこと言うなら、そもそも、年とってるから食べちゃいけないっていう理屈も成り立たないと思う」

「その前に。〝ホンビノス〟っていう名前が、そもそも、謎だ。これは日本語じゃないような気がするから……きっとこの貝、江戸の頃には日本近海にいなかったんじゃないかと」

このあたりで、こちらもまたスマホもってる姪御さんが検索。

「ホンビノスって、こんな字書くみたい。本美之主《ほんびのす》」

「うわあ、見事に偉そうな字だあっ。神話の時代から考えると、神様の名前って、みんな、なんか縁起がよさそうで偉そうな字ばっかりあてているよね？　天照大神《あまてらすおおみかみ》とか、高御産巣日の神《たかみむすひのかみ》とか。そーゆー意味で、本美之主って、なんかいかにも縁起がよさそうで偉そうな字ばっかりじゃない？　つー、ことは、これ、とても古くからいる、日本古来の貝な訳？　その、日本古来の、それも四百年だの五百年だの生きた奴を、あたしったら……」

「あ、おばちゃん、それ、違うわ。この貝、割と最近日本にきた奴みたい。ただ、ビーナス属にはいってるって、最初の頃思われていて、だから、〝ビーナス〟属で、〝美之主〟っていう字があてられたみたい」

ああ。妾思いますに、スマホというのは、すっごい発明です。これは、ひと、一人一人が、〝すぐに参照できる辞書と事典〟を携帯しているということなのだろうと思います。そして、本当の書籍である辞書や事典の場合、それを所有しているひとは、多分、疑問があった時、すぐにそれらにはあたらないと思うのです。と申しますのは、まず、そういうものを〝携帯〟しているひとがいないからですし、家に帰ってからそういうものを参照するのがめんどくさいからですし、家に帰った頃には、当初の疑問を忘れてしまっているケースが多いからではないかと思います。けれど、スマホの場合、非常に多くのひとが、何か不明なことがあった時、すぐさまそれを検索できるのですから。

妾の主人である、陽子さんは、何故か〝スマホ〟というものを持っていないのですが(多分、使いこなせないであろうって、自分で思っているからでしょう)、こんな、甥と姪の言葉に、こくこくこくこくって頷《うなず》いて。

「で、結局?」

「いや、ホンビノス貝自体は、確かにとっても長命の貝らしいんだけれど、さすがに、スーパーで売っているものは、そこまで長生きしている奴じゃない、普通の貝なのではないのかと。なんか、昨今、あっちこっちでとれて、蛤の代用になる貝みたい」

いえ、あの。〝長生きしていないから食べてもいい〟、〝あまりにも長生きしているものは食べてはいけない〟って、そもそも、初期設定が、間違っているような気がするのですが。ですが、それを言ってしまえば、すべてが、訳判らなくなりますよね?

まあでも。この時、陽子さんは、〝自分は江戸時代から生きていた貝を食べた訳じゃない〟と判り、ちょっとほっとして。

ですが。妾には、いささか違った思い出があります。

あの時。

確か、あの時、妾、陽子さん達が貝を食べようとしたの、邪魔した筈で……。

「江戸時代から生きてる貝って訳じゃないのか。うん、それはよかった。……あ、でも、そー言えば。確かあの時、ファーが乱入してきちゃって……だから、なんかこの貝、食べちゃいけないのかなーって思ったような記憶もあるぞ。んで今、余計、〝あの貝って食べちゃいけなかったの？〟って思っちゃったんだわ、あたし」

はい、それは、正しいです、陽子さん。妾はあの時、ちゃぶ台の上に携帯ガスコンロをおいて、その上でホンビノス貝を焼こうとしていた陽子さんの肘《ひじ》に、ひたすら鼻面を押し当てて、それを邪魔しようとした記憶があります。最終的には、ちゃぶ台の上に乱入して、ガスコンロごと、この試みを粉砕しようとしたのでしたが……。

ですが。

それは、結果的に、無理でした。

妾が、どんなに「にゃーにゃー」言ってみても、鼻面を陽子さんの肘に押し当ててても、それでぐいぐい押してみても、それでも、陽子さん、これをまったく聞いてくれずに。妾の言っていることを、まったく、無視して。

だから、最終的に、妾は、この試みを粉砕しようと、一回はちゃぶ台の上にまで登ったのですが、陽子さんの旦那様が、無造作に、「ファー、やめろ」って言って、妾のことを手でおしのけたので……この妾の特攻も、無駄に終わってしまったのでした。

そして、この特攻が無駄に終わったせいで、結果として、爆ぜてしまった貝の破片がそのあたりに飛び散り、最終的に甥御さんの足の下に挟まり、甥御さんに文句を言われる仕儀になった訳なのですが。

ですが。

あの時の、妾には、妾なりの、理屈があります。ありました。

だって！　だって、貝！　貝、です、よ！

この時、陽子さんが食べようとしていたのは、貝でありまして、貝というものは、怪しいのです。

世の中には、〝貝毒〟というものがあります。

これは猛毒です。

これにあたってしまったひとは、死ぬことがあります。

はい、貝には、確かに非常に稀ですが、ひとに対する致死性の毒がある可能性がある訳でして、妾と致しましては、そういう可能性がある以上、この貝を食べてしまった場合、陽子さんがそれに当たる可能性がある以上、是が非にも、何をおいても、その可能性を除去するのが、取りうるべき最上の行動なのではないのでしょうか。今、思い返してみましても、この妾の判断に、間違いはないと思われます。(昨今では、貝毒は、生産者がとても厳重に管理している、故《ゆえ》に、スーパーで売っている貝には、まずそんなことはない、と、まあ、そういうことは、この際、おいておきます。）ですので。妾は、何とかして、陽子さんと旦那様が、この貝を食べるのを邪魔しようとして……そして、そして、できなかったのですが。

……。

……いえ。

……本当の処を申し上げますと……ちょっと……違うの……かも、です、ね。

妾。

興奮しておりました。興奮してしまいました。

と、申しますのは。妾、直火というものを見るのが、実はこの時が初めてだったので御座います。この家では、調理はＩＨというもので、普通なされております。あれは、なんで御座いましょうか、妾にはよく判らない理屈で、とにかく、お鍋《なべ》の底が熱くなり、その熱でもって煮炊《にた》きをしているのですね。ですので、携帯用ガスコンロ、で、御座いますか、そういうもので調理されている〝もの〟を見たのは、これが初めて。直火、というものを見ましたのは、これが、初めて。

これがもう、何とも魅力的というか、何とも抗《あらが》いがたい感覚を妾の中に呼び覚ますとでも申し上げましょうか、同時に、何とも怖くて怖くてしょうがないとでも申し上げましょうか……。

ちろちろと、赤い舌が這《は》ってゆき、それが、網の上の貝を熱している。

その、赤い舌が、とても魅力的であり、とても誘惑され、何かしらちょっかいを出したい気分が抑えきれず、とはいえ、古来からの猫の本能として、この赤い舌に手を出してはいけないという気分もまた、どうしようもなくあり、結果、妾はどういたしていいのかよく判らなくなり……いえ、その前に。そもそも、これは、こんな赤い舌は、家の中にはあってはいけないものだという気分が、抜き難く妾にはあった訳で……結果、どうしてよいのか判らなくなった妾はひたすら鼻面で陽子さんのことを押し、押しても押しても話が進まず、もっとどうしていいのか判らなくなり……最終的に、特攻をしかけ、それが不首尾に終わり、でも、気分は収まらず……。

そんなことがあったのは、事実で御座います。

「ファーって言えばさあ、この間、ひっどいことがあったのー」

紅いお酒が結構まわったのか、陽子さん、口が軽くなります。そんな状態で、妹さんに、愚痴を零《こぼ》すっていう雰囲気で。

「うちに来たお客さまの上着が、その辺にずっとあったんだよね。……いや、その辺にずっとあったっていう言い方は変か、お客さまが来て、あたしとしゃべってて、暑い日だったから、お茶いれたあと、お客さまはいつの間にか上着を脱いじゃって、その上着はその辺にほったらかしで」

はい。フローリングにテーブルを置いている家庭でしたら、普通、脱いだ上着は椅《い》子《す》の上とか椅子の背とか、そういう処に置かれるものではないかと思いますが、フローリングの上に座布団敷いて座っているこの家庭では、床の上、〝その辺〟に、上着、置かれてしまいます。

「うん」

「んで、用事を済ませて、いざ、そのお客さまが帰ろうって時に。改めて、お客さまが上着を着ようとしたら、なんか、しめっぽい……っていうか、あからさまに、濡《ぬ》れていたんだよね、その上着」

「……って？」

「『え？　あれ？　なんか、濡れてますよこれ』って、お客さまが言った瞬間、あたし、どうしようかと思っちゃった」

「……って……もしかして……」

「上着に近づいた瞬間、判った。猫臭い」

「……って……あの……やっぱり……」

「いつの間にか、あたし達が話に夢中になっている間に、ファーがおしっこひっかけてたのー」

「ですかね、やっぱり」

「も、謝り倒して、幸いなことに、上着の中に、手帳だのお財布だの、濡れたらまずいものがなかったことだけを確認して、『すみません、うちでクリーニングします』って話になって。でも、猫のおしっこの臭いって、クリーニングじゃ完全にはとれないのー。無理なのー。最終的に、弁償したわ」

陽子さん、クリーニング業者の方に、言われたそうです。そもそも、動物のおしっこには、マーキングという意味があるのだから、これは、単に洗っただけでは簡単にとれない。単に洗っただけで簡単にとれるような臭《にお》いでは、そもそも〝マーキング〟の意味がない、と。

「……あ、だから、そのあと、うちではお客さまが来る度に、『猫におしっこひっかけられてまずいものは、この部屋に隔離お願いします』って、まず、お客さまを和室に案内することにしてるんだけれど」

「お姉ちゃん、私達、この家に来た時、そんなこと言ってもらってない」

「ああ、あんたは身内だから、つい忘れた」

「身内でも、コートや上着に猫おしっこひっかけられるのは嫌だ」

「だよね、ごめん。んじゃ、猫におしっこひっかけられて困るものは、こっちに隔離を……」

「今更？　今更それ言ってどーする」

「あ、いや、ごめん」

そんなやりとりが御座いまして。改めて、妹さん一家は、妾の目の前で御自分達の荷物をすべて和室にいれましして。これは、妾にしてみれば、もう、失礼だとしか言いようがない事態なのですが……以前、やってしまったことを考えれば、これはもう、いかんともしがたいと……。

やってしまったこと。

はい。

確かに妾は、この家に来たお客さまの上着に、おしっこをひっかけました。

ですが！　これにはちゃんとした事情があったので御座います。

何と申しましても、この方の上着の内ポケットには、煙草《たばこ》というものが、箱ごとはいっていたんで御座いますよ。

臭いでそれが判った瞬間。妾は思いました。これは、放っておいてはいけない、と。

はい、だって、煙草！　これは、火事の原因になり得ます。失火、という火事の原因で、煙草の火の不始末というのは、かなりの上位を占めていると、妾、聞き知っております。

これは火事の原因になる。

そう思った瞬間、妾は、この原因物質を消火しようと思いたったので御座います。発火する可能性があるものを消火する、その一番簡単な方法は、水をかけること。

そう思いましたので、妾、このひとの上着を前にして、水を探し、でも、そんなものは家の中にそうおいそれところがってはおらず…… 一番簡単な〝水〟として、妾の、おしっこをひっかけてみました。

はい。

これは、〝水〟です。

妾は、単純に、消火を試みたんです。

……まあ……その…… 〝火のついていない煙草は、まったく火事の原因にはなり得ない〟って言えば……それはそうなんですが……妾は、あくまで、火事が怖くて、火事を恐れて、火事が起こってしまったら陽子さんがとんでもなく悲惨なことになると思い、陽子さんを、主人を守る為《ため》に、その方の上着におしっこをひっかけたんですよ？

……その……。

妾が上着におしっこをひっかけた方は、お家《うち》で二匹の猫を飼っていらっしゃる、そんな話は、妾の知ったことじゃ御座いません。

二匹の猫の臭いが、妾をして、こんな過激な行動を取らせてしまった。

……そういう考え方も……まったくない、とは、申しませんが、そんな考え方、些《さ》細《さい》な、いわば、まあ、その、重箱の隅をつつくようなものですよ、何の生産性も御座いませんよ、とも、また、申し上げておきます。

貝の時も上着の時も、妾は、主人を守っているのです。

☆

と、さて。

ここまで、妾の問わず語りにお付き合いをいただきまして、誠にありがとう御座いました。

ところで……炯眼《けいがん》の読者の方は、もう、気がついていらっしゃいますよね？

妾の、この〃問わず語り〃には、おそらく、人間のみなさまをして、〃謎〃だと思わせる要素が、多々、含まれているということに。

はい。

〃名前はまだない〃先達の方は、毎日、家の外に出ていらっしゃいました。というか、昔の猫は、普通、家の中にばかりいないものなのです。むしろ、御飯時以外は、家の中にいない方が普通でした。ですので、他の猫の方々と、いろいろおつきあいがあり、そこでさまざまな情報を収集する。

ですが、妾は、まず、滅多に家の外には出ません。出ることができません。ですので、蚯蚓さんにはなかなかお目もじできなくて、これは本当に残念です。というのも、陽子さんが、妾が外出しないよう、様々な策略を巡らせているからです。（まあ……あくまで、人間目線で言えば、猫の伝染病などが怖いから、なんだそうですけれども。）

なのに、妾は、実に様々なことを、知っております。

おそらくは、〃名前はまだない〃先達の方より、総合的に、いろいろなことを知っております。

ここで、一回、まったく違うお話を致します。

妾は、雌猫です。そして、雌であるが故に、初潮を迎える前に、避妊手術をされました。なんでも、これにより、雌猫の寿命は、かなり延びるのだそうです。ですので、繁殖を考えていないペットの場合は、これをやるのが今では普通なのだそうで御座います。先達の、〝名前はまだない〟お方の時代とは、ものごとがまったく違ってきてしまっているので御座います。

ちなみに、この時、妾の意見は、まったく聞いていただけませんでした。いえ、たとえ聞かれたとしても、生後数カ月の妾には、何の意見も申し述べようがなかったとは思いますが。自分の寿命が延びるより前、生き物である猫としては、〝あくまで普通に繁殖し、次の世代に自分の命を繫《つな》ぐこと、それこそが大切なのだ、そのせいで、自分の寿命が短くなっても、それに何の文句もない〟、そんな考えを思いつくよりずっと前に、妾は手術をされてしまいました。

そして、また。雄の猫の方々も、おそらくは、雌である妾よりはましとはいえ、〝寿命を延ばす為に〟〝できるだけ長く健康なうちの子でいてもらえる為に〟、昔とは違うことを、御主人にやられているのではないかと愚考致します。

そして、こんなことが続けば。

どうなると、思いますか？

はい、猫の寿命が長くなってしまうのです。それこそ、自然状態ではあり得ない程長くなってしまうので御座います。


陽子さんが、「そんな時から生きてきたホンビノス貝を食べなくてよかったー」って思った、江戸時代。

その頃には、こんな伝説があったと聞いております。

ある程度以上長生きした猫は、猫又という妖怪《ようかい》になる。

具体的に、何年以上長生きした猫が、猫又になるのかは、妾にもよく判りませんが、江戸時代でしたら、猫が十年生きるのは、稀、でした。ですので、十五年も生きた猫は、とても、怪しい。猫又になっている可能性、大、です。

ですが。唯今の猫は、普通、十年は軽く生きます。二十年生きる猫も、珍しくはありません。二十三だの、二十四だのっていうお猫さまの話も、それなりに聞きます。

珍しいのですが、滅多にないという程のことでは御座いません。ひとが把握していないだけで、三十を越したお猫さまも、ひそかに棲息《せいそく》していらっしゃることと存じます。

と、いうことは。

どういうことか。

はい。

いささか前から……そうですねえ、人間の暦で言いますと、〝昭和〟というものが終わるころ、ですか、そのあたりから、生物界の分布が、いささか、変わったので御座います。

その前は、ひとがいて、猫がいる。そういう世界でした。

その頃からは、ひとがいて、猫がいて、猫又がいる。

こういう世界になってしまったのでした。

昔は。

とても少数でしたから、猫又は、〝妖怪〟と呼ばれて、忌避されたり畏《おそ》れられたりしておりました。ですが、昭和の終わり頃から、猫又は、も、その辺に普通にいる普通の存在となっております。

また、猫又には、それまでの猫とは違った特色があります。

ひとつには……これを言うのは、非常に恥ずかしいというか、口幅ったいものがあるのですが……賢いです。これは、今までの妾の問わず語りで、お判りいただけるのではないかと。

また、大抵の場合、何故か、ひとという存在を、守ろうとする特性をもっております。(これは、本当に何故なのか、妾にも判りません。あるいは、猫又というのは、その時代の猫としては驚異的に長生きをした猫である、そのせいなのかも知れません。猫が、驚異的に長生きをする、ということは、御主人にあたる人間に、とても大切にされ、守られてきた可能性が高いです。そういう経験が積み重なって、〝ひとを守ろうとする〟種族的な特性ができたのかも知れません。)

その上、非常に感応力が強く、猫又同士でしたら、直接逢《あ》わなくても連絡がとれます。この感応力の強さは、一種(たとえは悪いのですが)、伝染病のようなものでも御座いまして、猫又が、普通の猫と接触しますと、かなりの確率で、普通の猫は、猫又になります。

はい。妾も、その一匹です。

避妊手術の為、獣医さんという処に一日入院を致しました、その時、隣のケージに、猫又のおばあさまが入院なさっていたんです。

最初の頃にちょっといたしました、ひとは、何故、猫を飼うのかというお話。

昭和の中頃くらいまでは、おそらくは、ひと、鼠《ねずみ》対策として猫を飼っていたのではないかと思われます。

そのあとしばらくが、「猫が可愛いからひとは猫を飼っていた」時代。

そして、唯今、昭和が終わりましてからのちは、ひとは、未《いま》だに、「猫が可愛いから飼っているのだ」と思っていらっしゃるのかも知れませんが、違います。妾達猫又が、ひとを守るために、ひとに、猫を飼うという特権を与えているんで御座います。

(多分、ひとは、無意識にそれが判っていて、でも、それを認めてしまうと人間としての尊厳がどうのこうのっていう理屈でもって、それを無視していらっしゃるのでしょう。このあたり、考えますと、おへそでお茶が沸いてしまいそうです。ただ……現実に、物理的に、おへそでお茶を沸かしますのは、姿勢が相当みっともないことになってしまいそうですので、妾としては差し控えさせていただきます。)

そうなので御座います。

妾達猫は、ひとを守っているので御座います。

守られているひと達は、どうかそこの処を、いささかでも弁《わきま》えてくださいますと、妾共に致しましても、嬉しいのですが。ですが、これは、人間のプライドを傷つけますので、妾共もそう強くは主張致しません。

ただ。

お宅様の猫が、何か、ひとには判らないことを致した場合。ほぼ確実に、それは、ひとを、守る為です。

ですので、どうか、そんな場合。自分に判らないからといって、あるいは、自分に不都合だからといって、あるいは自分のプライドが傷つくからといって、猫を、ぺしっなんてしないでいただきたいと、これだけは、これだけは、強く主張致したいと存じます。

そうで御座います。

猫に守られているたかが飼い主の分際で、どうか、あんまり増上慢《ぞうじょうまん》なことはなさらないように、何卒《なにとぞ》よろしくお願い致します——。

ココアとスミレ

石田衣良

石田衣良（いしだ・いら）

一九六〇年、東京都生れ。成蹊大学経済学部卒業。九七年「池袋ウエストゲートパーク」でオール讀物推理小説新人賞を受賞しデビュー。二〇〇三年『4TEEN』で直木賞、〇六年『眠れぬ真珠』で島清恋愛文学賞、一三年『北斗　ある殺人者の回心』で中央公論文芸賞を受賞。ほかの著書に『水を抱く』『逆島断雄と進駐官養成高校の決闘』などがある。

「わたしたちネコ族と違って……」

階段のうえのほうから先住猫・ココアの声がした。メスのサバトラで、目の色はグリーンだ。声といっても人間のように声帯を振るわせ、空気中に疎密《そみつ》な音の波を放出するような無様な方法ではない。ネコの会話は精神波を直接相手の脳に送り届ける念話がメインだ。

「人間たちって、ほんとうに不思議ね」

屋上にあがる日当たりのいい階段のステップ三段したで、ココアより一歳年下の後輩猫・スミレが念話でこたえる。こちらはメスの三毛で、目は明るい茶色。

「ええ、あんなふうにいそがしい、いそがしいって、馬鹿《ばか》みたい。なぜ、人間たちは明日の予定表ばかり見ているのかしら」

スミレは肉球のあいだをなめ、前足の表をなめた。濡《ぬ》れた毛を頭に撫《な》でつけ、髪を整えている。最近はあごの横の毛先をすこし立たせるのがお気に入りのヘアスタイルだ。

「それはほんとうの意味で、今という時間を生きられないからじゃないかな。やってくるかどうかわからない明日の心配をして、もうやり直すことのできない昨日のことを悔やんでいる。今を豊かに生きられない。それが人間という気の毒な生きものよ」

遅い午後の陽ざしが心地よかった。この階段は夏は温室のように暑くてつかえないのだ。真夏を除くスリーシーズンは二匹の快適なサンルームである。スミレは首を傾《かし》げて肩の毛をなめた。太陽光にあたったせいで、すこし酸《す》っぱく香ばしいビタミンCの味がする。

「そうだよね、人間という生きものは時間の感覚がおかしいから、あんなふうに何百年もまえのことにこだわったり、未来が怖くて人類滅亡なんて騒いだりするんだよ。気の毒に」

ココアとスミレはゆったりとくつろいで、傾いていく遅い午後の太陽を眺めた。人間ならほんの数秒しか、みつめていられないだろう。太陽の軌跡に気づくこともないのだ。空を駆ける黄金の弓。ネコの瞳《ひとみ》は剃刀《かみそり》のように細くなって、あの軌跡を観測することができる。

初夏の空を太陽が刻々と移動し、雲が駆けていくのを、二匹のネコは気がつけば三十分ほど見つめていた。それはたいへん満足いくもので、ココアとスミレはもうその日の仕事は十分だと思ったものだ。

ココアは立ちあがるとひと伸びして、階段をおりていった。浴室のまえにおいてあるエサの皿を見にいく。シニアネコ用のドライフードと缶のフードがならべておかれていた。生のほうをすこしたべて、ゆっくりと水をのんだ。水をとりかえ、食事を用意し、人間たちは今日もよくやっている。といっても、そのようにネコにサービスできるのは、ネコの側がそれを許しているからで、深い意味などないのだ。

ネコ族は誇り高いので、日常的なサービスの便宜を受けたからといって、イヌ族のようにヒトという生きものに忠誠を誓うことはなかった。それよりも無私のサービスを提供させることで、ヒトの道徳心の向上の手助けをしているくらいのつもりである。ネコがいなければ、ヒトのような愚かな生きものはモノを造り、金を稼ぎ、互いに争いあうことしかできない低レベルの文明以外に生みだすことはないだろう。無私のサービスや単に「かわいいネコ」を愛《め》でるという無条件の喜びがなければ、ヒトの多くが明日にも絶望し、数千年続くヒト文明が滅んでもおかしくはない。

遠く離れた、階段の踊り場からスミレの念話がきこえてきた。

「あなたのひとり言はすこしおおき過ぎる。人類の文明が滅んでも、わたしたちはまったく困らないと思うけど。誇りをもたないイヌのように生活のすべてをヒトに依存してはいないのだから」

ココアも念話を返した。

「そうね。イヌは自分たちで獲物を探すこともできない。ヒトからエサをもらわなければ、ひと月と生きてはいけないでしょう。わたしたちのように自然のなかでトリやネズミを狩ることもできない」

「そうね、でも人類が滅んだら、すこし残念でもあるわね。ノルウェー産サーモンとか、本マグロの赤身とか、近海もののヒラメの刺身とか。ああいう贅沢《ぜいたく》なものはヒトがいないと口にできないもの」

どれもこの家の主人が夕食のおすそ分けにくれたものだった。ココアの脳裏に見事に切られた魚のちいさな身の映像が浮かんだ。まえ足でエサの皿を押しやる。

「わたしはアジの干物とか、サンマの尻尾《しっぽ》のところの締まった身が好きだな。焼き魚というのは、太陽光発電や宇宙マイクロ波背景輻射《ふくしゃ》なんかと並んで、ヒトの立派な発見ね」

ネコたちが千年ほどまえに発見したことを、ヒトはこの百年ほどでなんとか気づきだしている。それでもヒトが念話を可能にし、種族間で究極の平和を達成するまでは、つぎの千年が必要なことだろう。ネコ族による人類の評議委員会は、そんなレポートを半年ばかりまえに世界中の同族に一斉送信している。

「ねえ、ココ。太陽がビルの陰に隠れたよ。そろそろ夕方の散歩にいかない。わたし退屈しちゃった」

夕暮れどきの散歩は二匹のお気にいりだった。

「了解。ここで待ってる。いっしょにいきましょう」

浴室まえには家の裏口があり、そこにこの家の建て主はネコ用のくぐり戸をつけていた。そこだけ黄色く塗られた木製のスイングドアだった。スミレがほっそりとした姿をあらわした。足音はしない。ココアよりスミレのほうが洋ネコに似ていて、全身の骨格はしっかりしているが頭はちいさい。スタイルがいいのだ。もっともネコ族のあいだでは、愚かなヒト族の女たちのように頭蓋骨《ずがいこつ》のおおきさや鼻梁《びりょう》の高さによる差別など存在しなかった。美醜や好悪を超えた同胞愛というのは、ネコ族がもって生まれた美徳である。

「いきましょう」

先輩ネコのココアがちいさな黄色い扉をちいさな額で押し開けた。外に顔をだした瞬間、青草の匂《にお》いが鼻を打った。家の横手はマサキの生垣が距離をおいて植えられ、そのあいだをランやユキノシタが埋めている。

ココアは伸びをすると、後輩猫を待った。スミレはとても通り抜けられそうもないちいさな扉をウナギのようにぬらりと抜けてくる。

「外の空気は匂いがいいね」

「そうね」

家のなかのように人工物の匂いではなかった。土の匂い、緑の匂い、虫や苔《こけ》や菌の酸っぱいけれど香ばしい匂い。外は匂いの渦が巻くようだ。ヒトは結局のところ視覚を発達させ過ぎて、匂いの世界の奥深さを見逃してしまった。匂いで相手の体調や気分まで手にとるように理解できるネコとは違う。おかげでネコ族の会議はヒトと比べ、ほぼ五分の一ほどの短時間で終了する。

お気にいりの生垣の抜け道にはいった。ランのとがった葉先を、ココアのヒゲがそっと押し開いていく。葉にのった水滴がココアの足元に落ちた。ネコのヒゲの触覚は敏感で、薄青い筋と白い筋が交互に走るランの葉のしなやかさを、張りをもってココアの頬に伝えてきた。この葉は春先のようなふわふわと抵抗感のない柔らかさではなく、真夏のように硬く自分を主張するものでもない。かじれば口のなかに初夏が広がることの季節のランだ。

二匹の家のとなりは、砂利敷きの駐車場だった。十数台ほどのスペースがあるけれど、今は八割ほどの自動車が停められていた。スミレが鼻をうごめかせていった。

「機械油の匂いがするね。自分で走れる速さで十分なのに、ヒトはどうしてこんな機械をつくったんだろうね。わたしたち、いつも踊り場の窓からここを見ているよね。自動車って、ほんとに動かないよね。何割くらいだっけ」

ココアも刺激的なマシンオイルの匂いをかいだ。

「実際に自動車が動いている時間は十パーセントもないわ。自動車というより自停車ね。ヒトはこんなものをつくったうえ、わずかなボディサイズの違いにノミの背伸びほどの極小サイズのプライドをかけている。あの家のほうが金もちだなんて」

スミレが日にあたって熱をもった白い小石のうえで寝ころんだ。背中を石で洗っているのだ。ここの小石は快適で、となりでココアも背中を丸い石で洗った。石のあいだにはネコの毛がわずかに混ざっている。スミレが目を細めていう。

「そのお金というものが、わからないのよね。毛並みがいいなら、わかる」

そういいながら首を深く傾げて肩のあたりの茶色の斑《まだら》をていねいに撫でつけた。ココアもまえ足を濡らし、ヒゲ先をきれいにした。ここが汚れていると触覚としての働きが落ちるのだ。

「そうね、ぴんっと伸びたヒゲとか、わたしみたいにグリーンの目とか、雨の日のツバメをひと跳びで捕らえるジャンプ力なら、もっていると誇りになるのは確かにわかる。でも、ヒトがもっていて自慢ばかりしているお金って、どこかの機関のなかに記録された数字に過ぎないものよね。あれはほんとにわからない」

「そうだよね。ヒトのやることならなんでもありがたがっているおめでたいイヌ族だって、ヒトの金銭崇拝はわからないといっているもの。あれは実際に社会的に機能しているものではなくて、ただのおまじない、呪術《じゅじゅつ》的な小道具じゃないかって」

スミレの耳がとがって、駐車場の隅にある白い電気自動車のほうにむいた。もの音といっても風がタンポポの綿毛を揺らしたほどのちいさな音だけれど、ネコの耳からは逃れられない。ひたひたと自動車のしたを移動して、こちらに近づいてくる。足音のリズムでわかった。狩りのときのような足音は、たぶんなにかに緊張しているのだろう。

ココアが念話で声をかけた。

「でていらっしゃい、サイモン」

サイモンはアビシニアンのオスネコで、三軒先の建築家の飼い猫だ。身体《からだ》がおおきく、分厚い頭蓋骨をしている。得意な技はライオンのような大型肉食獣と同じで頭突きだという。体重をのせた頭突きで獲物の背骨を砕くのだ。電気自動車の陰からサイモンがあらわれた。悲し気にひと声鳴いた。

「ココアとスミレか。今日もべっぴんさんだな」

スミレは昔いい寄られてから、サイモンには厳しかった。タイプではないのだという。

「お世辞はいいわ。どうしたの、元気ないのね、サイモン。ドブネズミにでも逃げられた？」

「やめておきなさい、スミレ。サイモンはヒゲも尻尾もだらりと垂れているでしょう。きっとなにかほんとによくないことがあったのよ」

「ああ、あんたはさすがに鋭いな。ここで会ったのもなにかの縁だから、念話でなく直接伝えておく。今日の真夜中、いつもの公園で集会がある」

スミレが怪訝《けげん》な表情になった。

「でも集会は月に一回、このまえは先週の日曜の夜に開いたばかりでしょう」

サイモンが明るい茶色の目を伏せた。

「緊急の集会なんだ。あんたらもきてくれよ」

オスネコの丸い肩がさらにがくりと落ちていた。ココアがいった。

「わかった。いくようにするね」

スミレが口をとがらせた。

「ちょっと待って、わたしはいかないよ」

「好きにしろよ。こなければ後悔するぞ」

チョコレート色の首輪をつけたアビシニアンがゆったりと駐車場を去っていく。スミレが足元の小石を蹴《け》散《ち》らしていう。

「なあに、あれ二枚目ぶっちゃって」

「いいから、スミレ。わたしたちもいこう」

自宅を中心にした二百メートル四方ほどがスミレとココアの縄張りだった。もちろん他所《よそ》のネコが侵入しても、友好的なら争いになることはない。駐車場からコンクリート塀のうえをとおり、となりの家にむかう。電柱をかこむペットボトルに夕日があたって、きらきら光っていた。スミレが鼻を鳴らした。

「人間ってバカみたい。ペットボトルを怖がる生きものがいるとでも思っているのかしら」

「そうね。この家のおばさん、どういう神経なのかな。また増えてる」

電柱をびっしりととりまくように水で一杯のペットボトルがおいてあった。ココアはなんの感情も交えずにいう。

「でもペットボトルはまだいいほうね。毒入りのエサなんかをおいていく頭のいかれた人間もいるから」

「ああ、あれはほんとに気の毒。わたしたちネコ族のように鼻がよければ引っかからないけど、頭の悪いイヌ族やネズミはけっこうやられているでしょう。この家のおばさんにも殺鼠剤《さっそざい》いりのパスタでもたべさせてやればいいのに」

丸々と肥えているここの中年女性が棒のようにやせた姿を想像した。ネズミを殺すくらいの量の毒では体重三桁《さんけた》近いヒトが死ぬことはないだろう。ココアはいった。

「そんなプレゼントしたら、もったいないわよ。太ったまま夏が来て、全身汗疹《あせも》になって薬まみれになればいいんだから」

スミレがひらりとコンクリート塀から跳びおりて、電柱にむかう。

「ちょっとなにしてるの」

丸めた前足でペットボトルを何度か突き、位置を直している。スミレがにやりと笑っていった。

「ペットボトルをレンズ代わりにして光を絞らせるのよ。ちょっと熱くなるようにね」

ペットボトルのとなりにはオモトの鉢植えがあった。スミレが停められた自転車の荷台に跳びのり、さらにもう一度しなやかにジャンプして、音もなく塀のうえに着地した。逆回転させた滝の映像のように見事な跳躍だった。ネコは体高の十倍以上を一気にのぼっても息を乱すこともない。

それから二匹はあちこちでこの街に住むネコたちに念話で挨拶《あいさつ》を送りながら、ゆっくりと縄張りを一周した。この世界は今日も一日平和なようだった。ネコたちは目のまえの時間と目のまえの世界を愛し、そこだけに集中していた。世界のどこかで戦争やテロが起きても心を乱されることはない。不幸や災厄はすべて当事者の問題だ。ネコは徹底した個人主義者である。

夕暮れの街の空気を存分に味わって、二匹は自宅にもどった。今日も素晴らしい一日だった。空は晴れ、ヒゲの先が丸くなるほど湿っぽくもなく、夏毛になった身体に暑すぎることもない。それだけあれば、あとはなにを求めればいいのだろうか。生きものとして十分に満たされる感覚に、ヒト族も気がつけば、宗教だの文化だの経済だのという浅ましい理由で争うこともないはずだ。

この家の女主人が帰ってきたのは、暗くなって一時間ほどたってからだった。ヒトの年齢はネコにはよくわからないが、三十年以上は生きているらしい。二足歩行のこの大型の生きものはたいへんな長命種族だ。

「ただいま、ココア、スミレ。今ごはんにするからね」

女主人が帰宅して最初にするのは、二匹の夕食の世話だった。といってもシニア用のドライフードを皿にだし、缶のツナを半分ずつその横にのせるだけである。さして食欲はなかったが、ココアとスミレは礼儀として女主人のまえで軽く食事をした。背中を撫でられながらゆっくりと味わう夕食は悪くないものだ。半分ほど残しておくのは、夜中に空腹になってからたべる分だった。

「あなたたちはいいわねえ。たべて、寝て、お散歩して、またたべて。心配ごとなんてぜんぜんないんでしょうね」

ヒトらしい愚かな台詞《せりふ》だった。心配はないが、この世界は驚異的な謎《なぞ》に満ちている。一生をかけて考え続けてもわからない世界の謎をひとつかふたつ、自分で納得できる解答を得て、この世を去る。それが真に高等な生物の課題であるとは、ヒトには理解できないようだった。

「まったくうちの人ときたら。今夜もまた終電。結婚って、こんなに味気ないものだったのかな。さあ、ごはんにしましょう」

女主人はため息をついて、ふたり分の夕食をつくった。金目鯛《きんめだい》の焼き魚と根菜たっぷりのみそ汁と小松菜の煮びたし。音を消したテレビニュースを見ながら、ひとりで済ませる。すこしもおいしそうではなかった。スミレは定番の階段のうえにいき夜空を眺めていたが、ココアは女主人が心配になり、テーブルのしたで女主人の足に身体をこすりつけてやった。

「生きものはみなひとりで生まれて、ひとりで死んでいく。それはヒト族が好むロマンチックな愛情でも乗り越えられない壁なんだよ」

この女主人は好ましい性格をしていた。ネコ族の常識を教えてやりたかった。女主人は風呂《ふろ》にはいった。ひと缶だけビールをのんだ。そのあいだずっと音を消したテレビを眺めていた。ヒト族はなぜこれほど孤独に弱いのだろうか。シャワーの音がきこえるあいだ、テレビが誰もいないリビングルームにさまざまな色と光を散らすのを、ココアは観察していた。

男主人が帰ってきたのは、真夜中の三十分まえだった。

「ただいま」

帰宅の挨拶はあるが、あとは無言。

「ごはん、たべてないよね」

疲れた顔で女主人は動きだした。皿と茶碗《ちゃわん》をもって、電子レンジにむかう。男主人からの返事はない。ふたりが顔をあわせるのはここから真夜中までの三十分間だけだった。生活のリズムがずれているのだ。夕食があたたまると、スミレがいつの間にかやってきた。念話が送られてくる。

「さあ、お仕事しましょう」

ココアは女主人に抱かれ、スミレは男主人のひざに跳びのった。会話のまったくない三十分をなんとか耐えられるようにする。それが二匹のネコの毎日の労働だった。ココアは妻の担当で、スミレが夫の担当だった。この夫婦は悪い人たちではない。けれど、おたがいに対する思いやりを表現することができないのだ。なぜ、関係が冷え切っているのか、二匹にはわからなかった。念話ができないせいかもしれない。心が読めないのは不便なことだった。

テレビのスポーツニュースが終わると、女主人はいった。

「明日早いから寝るね」

おやすみはいわない。いつもの夜の挨拶だった。

「ああ」

男主人もおやすみはいわない。缶ビールをのみながら、野球のナイトゲームのダイジェストを見ている。リビングをでていく妻の背中も見なかった。スミレの念話が届く。

「今夜のおつとめもおしまい」

スミレがひざから跳びおりると、男主人がいった。

「いっちゃうのかにゃん、チュミちゃんは冷たいにゃん」

ココアもさっと身を翻《ひるがえ》して、階段にむかった。スミレにいう。

「ヒト族がつかうネコ語だけは、慣れることができないわね。ああ寒気がする」

「ほんとに。なあにあの『にゃん』って。馬鹿じゃないの」

二匹は寄り添って、踊り場の窓から夜の街を見つめた。肩を寄り添わせる。孤独の対処法はそれだけでいいのだが、ふたりの主人がそれに気づくことは残された時間ではもうないように思えた。

ソファでうとうとしていると、スミレに肩を揺すられた。

「もう時間よ」

壁の時計を見あげる。深夜二時まで、あと七分。ココアはやわらかなソファのうえで、背伸びをした。ネコの背伸びはなかなかの見ものだ。

「ええ、いきましょう」

明かりの消えた夜の家を音もなく移動し、勝手口のくぐり戸を抜ける。野外にでると空気の湿った匂いがした。ココアがいった。

「明けがたには雨になりそう」

スミレがくぐり戸から顔だけのぞかせていった。

「集会は早めに抜けましょう。だけど緊急招集って、いったいなにかしら」

生垣の抜け道をとおり、駐車場を抜けて、灯台のように明るいコンビニの裏をすぎて、二匹は近くの公園にむかった。ロープで仕切られた芝の広場の立ち入り禁止の立て看板も、ネコ族には関係ない。そこにはこの街に住む十数匹のネコたちが集まっていた。

「こんばんは」

「いい夜だね」

「雨がくる」

「元気だった？」

あちこちから夜の挨拶が念話で送られてくる。この街の長老、ヒマラヤンの小籠包《ショウロンポウ》、通称ポウが声をあげた。

「急な呼びだしをして済まなかった。つぎの集会まで待つことはできないのだ。今夜送らなければならない仲間がいる」

思いおもいの格好で円陣を組んでいたネコたちの雰囲気が一変した。真夜中の公園が厳粛な空気に包まれる。夜風さえ一段冷たくなったようだ。ココアはしなやかな背筋に電気が流れた気がした。

「くそっ、なんなんだよ。まだ三歳になったばかりなんだぞ」

サイモンが吐き捨てるようにいった。円陣のなかから若いネコが一歩一歩足を踏み締めるようにあらわれた。ふらつく姿を見せたくないのだろう。雑種のオスで、名前は銀二。サイモンとよくいっしょにいた野良《のら》である。

「ぼくのために集まってもらって、ありがとう。つぎの集会まで三週間ももちそうにない。ぼくは病気で深刻な状態だ。それで」

銀二が背中をぎゅっと丸めた。咳《せき》を二回したが、そのあとは全力で抑えこんでいる。息はかなり苦しげだ。

「……星送りをお願いしたい」

低いどよめきが起きた。ココアは湿った空気の夜空を見あげた。灰色の雲の切れ間に星が砂のように散っている。

「もとよりぼくが星送りにふさわしい生きかたができたか、それだけの功績をあげたのかは、自分でも疑わしい。けれど、ここで最後のお願いをしたいんだ」

病に痩《や》せ細った若いネコが目を伏せ、地面につくほど頭を低くした。ネコ族にはふたつの死にかたがある。ひとつはどこへともなく姿を隠し、誰にも気づかれることなく死を迎える方法。死を隠蔽《いんぺい》する昔ながらのやりかただった。もうひとつは念話が可能になってから始まった星送りである。念話のエネルギーを一匹に集中させ、肉体をこの世界から消滅させ、星の世界に送る方法だった。星送りで死を賜ったネコは自分の好きな場所で、好きな時間に再びネコとして転生できると信じられていた。間違ってもヒト族に生まれ、一生をあくせくと働いて送ることはないのだ。

サイモンが吼《ほ》えた。

「おまえが星送りにふさわしくないなんていうアホネコは、おれが許さない。なあ、みんないいだろ。こいつはこうして頭をさげてる。プライドの高い野良にはたいへんなことなんだぞ」

ポウが静かに念話を送った。

「ここにちょうど星送りに必要な数がそろっている。どうかな、みなの衆、銀二を送ってやりたいのだが」

　サイモンが芝に爪《つめ》を立てていう。

「いいに決まってる。そうだろ、みんな」

　賛成の念話が集まってくる。言葉をつかわない会話はひどくあたたかかった。

「では、銀二、まえへ」

　十七匹のネコが丸く病んだネコをとりかこんだ。ポウがいった。

「銀二よ、最後になにかいい残すことはあるか」

　背を伸ばしオスライオンのようにまっすぐに立つと、銀二は背中を見せていった。

「ぼくはこの街が好きだった。だから、いつか背中に茶色い菱形《ひしがた》の模様がついたネコが生まれたら、ぼくだと思ってなかよくしてやってくれ。つぎもここで生まれてきたいんだ」

「銀二ー」

　サイモンがみっともないほどの吼え声をあげた。

「では、星送りの準備だ。みな、声をあわせて。この者を星に返したまえ」

　十七匹の念話が円の中心にいる銀二に集中した。銀二がおかしな顔をした。

「星に返したまえ、星に返したまえ」

「あっ、なんだかあったかい」

「星に返したまえ、星に、星に、星に」

ポウが命じた。

「みな、集中して。もっと念話の出力をあげるのだ」

ネコ族の念話は大洋を超えるほどの距離でも相手に届く。その力が最高のパワーで若いオスネコに注がれていた。銀二の痩せた身体が芝のうえにふわりと浮いた。十七匹の念話が繰り返される。

「星に、星に、星、星、星」

銀二の身体が光に包まれた。

「うわっ、これなんだろ、気もちいいなあ」

それが最後の言葉になった。高さ二メートルほどの光の柱が一瞬、公園の広場に立ち上がり、完全な暗闇《くらやみ》がもどった。虫の声がきこえる。銀二の姿はなかった。湿った芝から白く水蒸気があがるだけだ。

「星送りは終了じゃ。今夜の集会にはほかの議題はない。みな、解散じゃ。好きなようにしてくれ」

好きなようにする、相手に干渉しない、自分のやりかたを貫く。それがネコ族の性格だった。挨拶もなく、夜の公園にばらばらに散っていく。ココアはスミレにいった。

「いつかわたしが星に送られるときは、あなたが必ず立ち会ってね」

「そうね、わたしのほうが先かもしれないけど」

サイモンが大声をあげて泣いていた。誰も声をかけない。泣きたいときは泣けばいいのだ。人よりすぐれているとはいえ、ただの生きものなのだから。夜の公園には雨が降りだすまえの濡れた風が、おおきな動物の舌のように吹きつけてくる。

「わたしたちも家に帰りましょう」

ココアとスミレはぴんと尻尾を伸ばして、夜の広場をわたり、家路についた。ヒゲを分ける風が心地いい。肉球を柔らかに押し返す芝の感触も素晴らしかった。明日は一日雨だろうが、また踊り場の窓から終日無数の澪《みお》を眺めていればいい。

ネコにとってすべての瞬間は欠けることのない完璧《かんぺき》な時間なのだから。

吾輩は猫であるけれど

荻原　浩

荻原　浩（おぎわら・ひろし）

一九五六年、埼玉県生れ。成城大学経済学部卒業。広告制作会社勤務を経て、フリーのコピーライターに。九七年『オロロ畑でつかまえて』で小説すばる新人賞を受賞しデビュー。二〇〇五年『明日の記憶』で山本周五郎賞、一六年『海の見える理髪店』で直木賞を受賞。ほかの著書に『四度目の氷河期』『月の上の観覧車』『ストロベリーライフ』などがある。

吾輩は猫である
けれど
TSUME TOGi BOARD
MATATABI
AJI☆FRY
吾輩は猫である
鼠は嫌い
小鳥もダメ
虫も苦手、
でもゴキブリは好き
シャ〜
コリコリした食感最高！
ただいま〜
ん、んんっ
チュッ
チュッ
なんか　すまん

どっちかというと
犬派かな
時々遊んでやる
ウキャア
ウキャア
素直でいいやね
馬鹿だけどね
お手っ!
抱っこすると
喜ぶ
甘ったれ
だからね
こういうのあるでしょ
X'mas
うちのマロンでーす
男の子7さい
猫の年齢を
人間に
換算すると
簡易換算表
1才→17才
2才→23才
5才→36
10才→56
ま こんな感じ
うちのマロンでーす
男の子44さい
次 これいって
みる?
わが家の娘も
今年で12才

猫って ときどき さ
何もないとこ 眺めてたり しない？
あーある
あれって もしかして
…まさか やだ♡
やだ もう きゃ〜
ヤダ… 妄ッ
キャッ キャッ
きゃっ きゃっ
うん そのまさか
テレビは見れるのか？
見るよ ふつーに
本物と間違えること？
あるわけないじゃん
ニャッ
最近のハイビジョンって凄いよね
テヘ
ペロ
つつ…

時々むしょうに
肉球もみもみしたくなる
もーツンデレ 私のこと好き? ほんとは
ブップー
猫の肉球もみは 母猫の乳を搾りとる 子猫の時からの習性
早く乳出せやコラ
あ゛〜
ディフ
猫の恋（春の季語）
ケキョ
猫の恋……
猫の恋… 誰か耳裏掻いてくれ
ミャヘ〜アア〜ゴ
ニャアアァ ギャアア〜ス
ミャア ミャア
ちゅうてな
ナァーオ ナァーオ
猫の恋 独り丸まる 鍋の中……
ミャア〜ン アアア〜ン オミャ〜
だよ
まいどお騒がせしております

猫には向かない職業
あちらのお嬢さんにカルカンを
探偵
このコを探してくれ
昨日から行くえがわからない
むっ....
手がかりだけでもかまわない
手がかり....
報酬は1日3モンプチ
オエ〜
ゲロゲロ
お、小骨発見...ウロコも
猫系ラーメン店店主
チャッ
猫の舌で選んだ、こだわりの素材。
ソーダブシ
カツオブシ
サバブシ
ヤキアゴ
ニボシ
肉球入魂
親方スープの味見を
ん
アチアチ
アチアチ
アチ

グラビアアイドル
いいね 君でいこう
22
ビーチでロケ
ぎら
さん
さん
カシャッ
ぎら
スタジオ撮影に変更
ライト入りまーす
ぱ
カシャッ
猫禅寺住職
ゴーーン
色即是空
般若ニャ波羅蜜
ピシッ
チーーン
空即是色……
ゴロニャ〜

ここだけの話でございますが
猫が五十年生きますと尻尾が二叉に分かれ
それは恐ろしい化け物になるとか
ンギャーース
猫又
うちのひいばあちゃんは
今年二十五になりまして
子猫を産みました
やはり猫は化け物…
ライオンとは親戚！
オジサン的な？
百獣の王に
せめて三十獣の
群れには入らない
だから風呂にも入らない
もうっこんなにドロンコでっ
ギャース
ギャース
ギャース

犬めや鼠めに干支《エト》があるのに
猫年がないのは許さない!!
猫権拡大
ニャ
ニャ
ニャ
ニャ
いまこそ立ち上がれ!
二本の足で
我等の猫力を見せるのだ!
全猫決起集会
ニャー
ニャ
ニャー
ニャ
ニャ
さぁ抗議のデモへ
さぁ
STOP THE 入浴
肉球触るな!!
爪とぎの自由を!
にゃ?
ひょ〜〜お〜〜お〜
団体行動は苦手
♪犬はよろこび
庭かけまわり
♪猫はこたつで
まるくなる
常温
雪好きだよ
ちっちっち
ちっちっち
窓から眺めるの最高!
お馬鹿犬がかけてる

惻《そく》隠《いん》

恩田陸

恩田 陸（おんだ・りく）
一九六四年、宮城県生れ。早稲田大学卒業。一九九二年、日本ファンタジーノベル大賞の最終候補作となった『六番目の小夜子』でデビュー。二〇〇五年『夜のピクニック』で吉川英治文学新人賞、本屋大賞、〇六年『ユージニア』で日本推理作家協会賞、〇七年『中庭の出来事』で山本周五郎賞を受賞。ほかの著書に『ネバーランド』『木曜組曲』『夜の底は柔らかな幻』『消滅』などがある。

ワタクシは猫であります。

ええ、確かに。はい、この肉球にかけて。

なーんて、ちょっと人間の真似《まね》してみた。けど、やっぱムダよね。こういうの、あたしら似合わないわ。

だって、意味ある？

あたしが肉球に誓うことになんの意味があるのよ？　意味ないでしょ？

そうなの。あの人たち、いっつも、何かにつけて「神かけて」とか「誓って」とか、やたら大仰にそういうこと言ってたわねえ。

わけわかんない。口先だけでしょ。どうせ破るくせに。

うん、でもまあ、理屈は分かるのよ。人間て弱いもん。守れないからこその「誓い」だし、守る自信がないから、口に出して、周りに聞かせて、ついでに自分にも言い聞かせるってこと。

ワタクシは猫であります。

ええ、ホント。このヒゲにかけて。

この生活も、気に入ってるのよ。気ままな屋外生活も悪くない。風の吹くまま、気の向くまま。そうそう、文字通り、今は風向き、大事よね。気をつけないと。あ、あんたには関係ないか。

そんなことないって？

影響する？　ふうん。そうなの。知らなかった。

ええ、そりゃあ、ちょっとは懐《なつ》かしいなんて思ったりもするわよ。あの家、結構気に入ってたし、ずいぶん長いこと住んでたんですもん。

思い出すわ。

石造りの立派な階段。手すりの幅が広くって、あたし、あの上を通路にしてたの。階段を登り降りするよりも、体力使わないし。すべすべしてて、手触りも気持ちよかった。夏なんか、ひんやりしてて、そこでお昼寝したりしてさ。

踊り場に天窓があってね。あそこから差し込む午後の光がステキなのよ。遠くから聞こえてくる鐘の音もいい感じでさ。

ネズミ？

あそこ、あんまりいなかったのよね。初代の頃はネズミも獲《と》ってたみたいだけど、いつだか大改装して、水回りをリフォームしたら、ほとんど出なくなったんだって。

あたしの代の頃には、まず見かけなかったなあ。

そりゃ、あいつらを「猫かわいがり」すんのは楽しいし、バリバリ尻尾《しっぽ》まで食べるのもいいけど、正直、当時はあんなビンボ臭い連中はどうでもよかった。あたしはササミのほうがよかったしー。

あたしの部屋も、よかったのよ。天井高くて、立派な机があってね。いつも綺麗《きれい》な花が飾ってあった。出入りの花屋さんがいて、この人、好きだったわ。いい感じに枯れたおじいさんでね。あたしにもオヤツ持ってきてくれたりして。季節ごとにいっぱい花があって。思い出すわ。白バラの香りがすばらしかったっけ。

音楽がどっかから聞こえてきて、白バラの香りを感じながら机の上でうとうとしてるの、最高。

おまえは楽でいいねえ。

おまえと代わりたいよ。

同居人は決まってそういうのよ。

あまりにみんな同じこと言うから、あたし、言ってやったわ。やればいいじゃない。あたしと同じように。

白バラの香りかいで、机の上でうとうとすればいいじゃないって。

もちろん、あたしがそう言ってること、分からなかったみたい。

ほんと、人間て進歩ない。あたしらはずうっと昔に人間の話してること理解できるようになったのに、あいつらはとうとう分からなかった。勝手に忙しがって、勝手に自分たちのことがんじがらめにして悩んでるくせに、言うにことかいて、おまえは楽でいいねえ、なんだもん。

いつも飽き飽きしてたわ。あまりにもおんなじ台詞《せりふ》ばっかりだったから。

そう、いつも同居人がいたのよ。あたしの部屋なんだけど、定期的に入れ替わるみたいでさ。

毎日通ってくるの、あたしの部屋に。朝八時に来て、あたしに挨拶《あいさつ》。みんなにも挨拶。

で、あたしの部屋の机に座って、何か作業してる。電話したり、書類読んだり書いたり読んだり書いたり。

ま、あたしの部屋に間借りしてるってことよね。それなりに気を遣ってくれたけど、時々機嫌が悪かったり、あたしに八つ当たりする奴《やつ》もいたなあ。

そうそう、部屋の隅っこに箱があってね。

そこに、あいつら、お酒入れてた。そのうち、小さい冷蔵庫も運びこまれて、そこでお酒冷やしてる奴もいたわ。

お酒。

あれも分かんないわね。なんでわざわざ、あんなの身体《からだ》に入れるのかしら？

他の人と喋《しゃべ》ってる時はえらそーにしてるのに、一人になると、すぐにお酒。

あんまり変わらない人もいたし、毎回ぴったり同じ量飲む人もいたけど、荒れる人もいたなあ。どんどん独り言の声が大きくなってね。こりゃヤバイ、そのうち暴れだすなあ、と思うと、さっさと部屋を出ることにしてたわ。だって、あたしにまで罵声《ばせい》を浴びせるんですもの。

あたしの部屋に間借りしてるくせに、ちょっとヒドイでしょ？

なんだかツライらしい。たいへんらしい。だったら、やめればいいのにね。それこそ、のんびり机の上でお昼寝してればいいじゃない？　暑かったら日陰に移るし、寒かったら風の当たらないところに移動する。それが普通でしょ？　なんでわざわざツライことするのかしら。ほんと、人間てよく分からない。


ワタクシは猫であります。

ええ、認めます。この一つ目の尻尾にかけて。


同居人、ずいぶん入れ替わったわ。長いこといる人もいたけど、だいたい数年で別の人になった。部屋に出入りする、その人の仲間みたいなのも入れ替わった。変わらないのは、お花屋さんだけね、変わらなくてよかったわ。あのおじいさん、好きだったもん。

うん、正直言うと、古いほうの同居人はなかなかよかったと思うの。あたしの前のコもそう言ってたみたい。

どうもね、代替わりするにつれて、存在が軽いというか、つまんないというか、ヒトとしての厚みとか重みがないというか？

そんなふうになってってたような気がするのよね。

同居人の質が下がってくのは、結構ツライものがあったわ。

そうよ、あたしだってツライこともあるのよ。

だって、あたしの部屋に通ってくるんですもの、いい奴のほうがいいじゃない？　見苦しくないってこと、大事よ。あたしと二人きりになると、いきなり見苦しくなる奴なんて、見てるほうもイヤよー。

イヤだったのは、タバコスパスパ吸う同居人ね。あれはビョーキだわ。タバコに火を点《つ》けて、ちょっと吸って潰《つぶ》して、またすぐ次のに火を点ける。

タバコってのも分からないわねー。人間、どうしてああいう身体に悪いこと、するかしら？

破滅願望？　破壊願望？　そういえば、物壊す人もいたなあ。

アルコール中毒もいたわねー。冷蔵庫も箱もお酒ぎっしり。

あと、意外にイヤなのは、女連れこむ奴。

そりゃ、別に自然な行為だわよね、交接というか、まぐわいというか。動物なんだから、当然。

だけどさ、あたしの部屋なんだから、できれば一言断るのがエチケットってもんじゃない？

こそこそ入ってきて、いきなりガバっ、てのは勘弁してほしい。

最初はびっくりして、それこそ目が点になったわ。

なるほどー、人間には発情期がなくて、いつでもオッケーなんだってこと、噂《うわさ》には聞いてたけど、本当だったんだって、目の前で見せてもらって、ものすごい衝撃を受けたものよ。

だってさ、ドアの向こう側じゃ、そんなそぶりはぴくりとも見せなかったのよ？なのに、ドアのこっち側に来たら、いきなりだもの。

あれ、どういう仕組みになってんのかしら？　あたしたちみたいに時期が決まってるほうが合理的だと思うんだけどなあ。

ま、どっちがいいかは別として、あんまし人様の行為を見せつけられるのって、キモチよくないんだよね。

しまいには慣れたけど——でも、あの時の同居人は、あとで、連れ込んだ女のことで、吊《つ》るしあげられてたみたい。なんでも、妻がいるのに、それ以外の女をいっぱい連れ込んでたらしい。

妻とか夫とかいうのも、よく分からない制度よね。だって、それもみんなツライらしいのよ。みんな暗い顔になるのよ。深刻だったり、大変だったりするらしいのよ。

だからさー、しつこいようだけど、ツライならやめようよって。


ワタクシは猫であります。

もちろん、事実なんであります。この爪《つめ》にかけて。


いやあ、最後の同居人は最悪だったわ。

何が最悪かって、「あれ」を持ち出してきたことよ。

あたしが思うに、「あれ」を持ち出し始めてから、ぜんぶが変わってきて、今みたいになったんじゃないかって。

人間、いろいろ変なモノ作り出したし、理解に苦しむモノもいっぱいあるけど、それまでのところはなんとかなった。テキトーに聞き流して、はいはいと言ってればよかった。同居人ともやっていけた。

だけど、あれは。

あれは最悪の発明なんじゃないかしら。

なんだか分かる？　あんたにも分かるかしら？

知ってる？「神」って奴。

あたしも結局それがなんなのか分からないけど、「神」って奴よ。なんだかやたらと「神が」「神が」「神に誓って」「神かけて」とか言うの。

なんでも「神」のせい。

なんでも「神」のため。

なんだそうよー。

そう言うと、みんな黙っちゃう。反論しなくなっちゃう。どんだけエライんだか知らないけど、なんか、ものすごくエライらしい。

でもさ、おかしくない？

「神」だかなんだか知らないけど、それって人間の頭が作り出したもんでしょ？ しかも、頭の中にあって、誰も見たことないし、存在も証明できない。

しかも、いっぱい種類があるらしいの。みんなそれぞれ違う「神」を持ってて、自分の「神」だけがホントの「神」なんだって。

はあ、そりゃなんだって話よね。

「神」ってひとつじゃないの？ ひとつでなきゃ「神」じゃないじゃない？ 人間のいうところの崇高な存在であるというのなら。

イメージは分からなくはない。

実際、人間には「神」が必要だったってのも分かる。

知ってるわよ、あたしだって。生きていくのがたいへんだってことは。

気ままな放浪の暮らし。風の向くまま、気の向くまま。そう言えば聞こえはいいけど、ひとり生きていくのが厳しいってことは、あたしだって分かってる。あたしたちは、自由を満喫してるけど、そのリスクだってちゃんと引き受けてるわ。最後は野垂れ死に。そのことも承知してる。

だから、人間が「神」を作り出さなければならなかったことも分かるの。

だけどさ、最後の同居人の頃には、そうじゃなかった。「神」が目的じゃなく手段になってて、すべての責任を押し付けてた。「神」の一言でなんにも考えなくなった。

ひたすら「神」の大安売り。それってさ、最初に切実に「神」を作り出した時とは違っちゃってたと思うんだ。

ワタクシは猫であります。

はい。この二つ目の尻尾にかけて。

ええ、そうね。

そんなわけで、こっから先、あんまり話すことないわ。この状態、あんただって分かってるでしょ？

すべて「神」のせいだってわけで、すべては「神」のためだってわけで、あたしの同居人はなんだかすごいボタンを押したらしいのよ。これまで代々の同居人が持ってたけど、誰も使ったことのないボタン。これまでずっと、ボタンを使わないことの勇気が優先されてきたのに、この同居人は、「ボタンを使うことが勇気だ。俺はその勇気のある、ガッツのある、国を愛する人間だ」つって、とっても自慢してたらしいわ。でもって、その同居人に拍手喝采する人もいーっぱいいたんだって。俺たちは「神」に守られている、祝福されている、って涙を流して喜んでいたんだって。

ま、いいんじゃない？

きっと、最後の同居人も、そいつを拍手した連中も、幸せなまんまで、一瞬にして昇天してったわけだし。

当然、自分がボタンを押したら、他の人も押すよね？　そのことは思いつかなかったみたい。

今ごろ天国で、望み通り自分の「神」と語り合ってんじゃないのかしら。

ワタクシは猫であります。

嘘《うそ》じゃないわ。三つ目の尻尾にかけて。


でもって、みんな、いなくなったわ。

みぃんな。

あたしの綺麗な部屋も、季節ごとの花もなくなっちゃった。

ほんと、仕方ないわね、あの連中。実に理解に苦しむ存在だったわよね、あの人間て連中は。

自分で自分をがんじがらめにして、勝手に苦しんで、悩んで、八つ当たりして、タバコ吸って、モノ壊して。

ほんと、信じられない。

よくもまあ、あんな矛盾した性格で、長いことやってきたわよね。あたしたちもよくつきあってやってたもんだわ。

だけどね。

だけどさ。

ほんと言うと、あたし、嫌いじゃなかった。

時々すごく迷惑だったし、いつまでも進歩しないし、全然あたしの言うこと分かってくれなかったけどさ。

今でもたまに夢を見る。

踊り場の天窓を見上げてる夢。広い手すりの上でうたたねしてる夢。

白バラの香りを感じながら、机の上でまどろんでいるところ。

ああ、あんなステキな時間があったなあって。

あんなステキな時間を、あの連中と――いろんな人間たちと共有してたこともあったんだなあって。

今でもたまに思い出すの。

花屋のおじいさんや、鐘の音なんかを。

ワタクシは猫であります。

本当だってば。四つ目の尻尾にかけて。

あのさあ、いい加減、納得してくれる？

これだけあたしは猫だって言ってるんだから、そろそろ信じてくれないと。

だから、本当に猫だってば。尻尾が九本あるけど、猫は猫よ。

え？　猫の尻尾は一本のはず？

だからさ、最後の同居人が始めた戦争が終わったら、空気中の化学物質かなんかのせいでこうなっちゃったんだってば。あたしだけじゃないわよ。だけど、顔は猫でしょ？　いわゆる、普通の猫でしょう。

やれやれ、あんた、機械でしょ？

人間が最後のほうに造った機械だから、賢いはずでしょ？　ほら、ディープラーニングだかなんだかっていうんで、どんどん学習してるはずでしょ。

聞いたことあるわよ、人間はどんなに種類がいっぱいあっても、犬は犬、猫は猫と認識することができるけど、機械には長いこと無理だったって。

でも、あんたくらいになると、ちゃんと猫は猫って共通項でくれるんじゃなかったっけ。

へえ、そうなの。

さすがに、九尾の猫までは想定外だったって？

ふうん。昔、東洋の伝説で、九本の尻尾がある猫がいた。でも、あくまでも伝説だから、存在は確認されていなかったと。今、自分は伝説の存在を目にしていることに驚きを禁じえない、ってか。

へえ。

あんた、これからどうするの？

人間の歴史をまとめる？　それが、人間に作り出された自分の役割だ、か。

そうね。頑張ってね。

あたしも陰ながら応援してるわ。

ワタクシは——ワタクシは、猫であります。

そう。人間たちが名付けた、人間たちが言うところの、猫なんであります。

本当よ。

飛梅

原田マハ

原田マハ（はらだ・まは）

一九六二年、東京都生れ。関西学院大学文学部日本文学科、早稲田大学第二文学部美術史科卒業。二〇〇五年「カフーを待ちわびて」で日本ラブストーリー大賞を受賞しデビュー。一二年『楽園のカンヴァス』で山本周五郎賞を受賞。ほかの著書に『本日は、お日柄もよく』『暗幕のゲルニカ』『デトロイト美術館の奇跡』などがある。

俺は猫だ。名前だって、ちゃんとある。実家の主《あるじ》がつけてくれた、れっきとした名前が。だけど、ここでは「若」とか「若君」って呼ばれてる。

「いいか、若よ。お前は、いまではこんな物置き小屋みたいなところで暮らしているけれど、もともとは京の都の公家《くげ》の生まれなんだぞ。お前の母君は、由緒《ゆいしょ》正しい姫猫さまだ。それを忘れてはいかんのだ」

毎度、親父《もじゃ》さんからお小言だ。親父さんは、俺のほんとうの親父《おやじ》じゃない。でも、父親の顔も知らないし、父親ってのがどういうもんだか、そもそも知らない俺にとっては、親父さんだけが世界中でたった一匹《ひとり》の肉球みたいなもんだ。

「馬鹿《ばか》野郎。肉球じゃなくて、肉親だろ」

って、またお小言くらっちまったけど。

親父さんと、兄者《ちーちー》と、姉者《チロ》、そして俺が暮らしているのは、「猫本屋」とかいう、俺らの種族のことばっかり書いた本だけを扱っている本屋の家だ。親父さんが言うには、その本屋はこの世には実在していないんだけど、あの世にはあるらしい。

「おいこら、若よ、何度言ったらわかるのだ。あの世じゃなくて、インターネットだよ。ネットショップというのだ。実店舗はないが、インターネットを通じて、通信販売している。がしかし、売っている本はe-bookじゃない。れっきとした本だ。本物だ。本だけに」

さすが親父さん、よくご存じだ。それもそのはず、親父さんは、猫本専門ネットショップ「吾輩堂《わがはいどう》」の店長さまなんだから。店のことはもちろん、そこで売られている商品のことは、全部頭に入ってる。昼寝をするなら『長靴をはいた猫』の上がいいとか、とにかく『100万回生きたねこ』がいちばん乗り心地がいいとか、顔を洗うなら『ネコは何を思って顔を洗うのか』に乗っかってやるのが最高だとか、とにかく商品知識がハンパない。

「しかしお前は、まだまだ修業が足りぬ。やんごとなき生まれではあっても、いまのお前は『吾輩堂』の丁稚《でっち》どんだ。それを忘れてはいかんのだ。いいか若、お前の昼寝の場所は『ぼうぼうあたま』だ。なんの本かって？ ちょこっとだけ猫も登場する、ドイツ生まれのしつけ絵本だ。やんちゃをした子供はうんと怖い目にあうことを教えているのだ。その本の上以外で寝てはならぬ。わかったか、若？　わかっただろうな、若だけに」

　親父ギャグを添えずにはいられないのが、親父さんの流儀だ。「はいはい」と俺は返事代わりに前足を二度、ぺろぺろとやる。すると即座に「ぺろは一回でいい！」とまた怒られる。まったく、きびしいったら。

「吾輩堂」の店舗はこの世には存在しないけど、商品の倉庫は存在している。でもって、そこが俺らの住処《すみか》になっている――というわけだ。

　俺らの風貌《ふうぼう》をちょっと紹介すると、親父さんの毛皮はキジの上着にまっさらな白衿《しろえり》、白手袋と白足袋をきっちりつけた、なりはデカいが正真正銘の知的な紳士だ。兄者は全身黒ずくめでヒップホップなワイルド系、姉者はグラデーショングレーのキジで超可愛い博多女子《バリカワカタージョ》。そして俺の毛皮はクラシックな茶トラ……はあ、つまんねえの。

「それぞれに個性があって、いいではないか。みんなちがって、みんないい。――といったのは、詩人の金子みすゞである。あの詩に登場するのは、わたしと小鳥とすず《鈴》と。猫は出てこないがね」

　親父さんの博識には、とてもじゃないがかなわない。

　俺らの住処の主は、猫ではなくて人間だ。人間だけど、どうしようもなく猫に狂ってしまって、とうとう猫本屋なんぞを始めてしまった――「吾輩堂」の店主である。名前は、たぶんあるんだろうが、猫は人間に向かってその名を呼んだりしないので、みんな「店主」と言っている。

この店主、日がないちにち、「パソコン」という名の電気座布団《ざぶとん》に向き合って、カチャカチャカチャカチャ、電気座布団の表面にずらりと並んだ四角いボタンを指先で弾《はじ》いている。親父さんは、店主が真剣にこの作業を始めるやいなや、大きな体を揺さぶりながらずんずんずんと近寄っていって、どっかと電気座布団の上に――つまり、店主の目の前に横になる。固さといい、あったかさといい、これが「めっぽういい塩梅《あんばい》」なのだそうだ。

店主は、目の前にどっかと親父さんが横たわると、

「あーもー、またあ。もじゃもじゃ、どうしてなん、あんたはぁ？　どうしてあたしの目の前に寝そべるとね?!」

仕事を妨害されているのに、妙にうれしそうに猫撫《な》で声で親父さんを罵《のの》り、挙げ句の果てにはぎゅむと抱き寄せる。親父さんはビー玉みたいにきれいな緑色の目を白黒させて、白い手袋の前足をじたばたさせる。いやがってるのかと思ったら、「あのぎゅむっていうのがなあ。迷惑なのだが、ときどき気持ちよく感じてしまうのだ」など

と言う。

だから、俺も真似《まね》をして、親父さんが階下の食堂に移動した隙《すき》に、そそそと近付いていって、ふにゃっと電気座布団の上に横になってみる。たちまち、店主の手が止まり、じいっと眼鏡の奥の目で俺をみつめると、やおら俺の体を抱きすくめる。

「あーもー、若さまっ。このようなおいたをしては。若さまのいまのお立場は、丁稚でございますよ。いかに高貴なお生まれであろうと、このようなことをなさってはいけません。いけませんったら、いけません」

ぎゅむぎゅむぎゅむうっと抱きすくめられて、俺は、あわわわ、く、苦しいっ、と、猫キックを三十連打。

「ああっ、何を若さま、い、痛《いと》うございますっ。痛い、イタい、イタタタ……」

ええい、下がれ下がれ、下がれったら下がれ。俺を誰だと思ってるんだ、都落ちして筑紫《つくし》に下った身の上なれど、野良《のら》でも高貴なこの俺を……。

生まれ落ちてすぐの記憶。――やわらかくって、とてもいいにおい、典雅なにおいがどこからか漂ってきていた。必死に、母上の乳首に吸い付いていた。乳はほんのり甘くて切ない味がした。

どういうわけだか、俺の脳裡《おつむり》にはこの世に生まれ落ちた瞬間からの克明な記憶がしっかりと残っている。だから、まだ年若い母上が、命がけで俺たちきょうだい四匹《よにん》を産み落としたことも、生まれてまもなく、きょうだいの一匹《ひとり》が動かなくなってしまったことも、生まれて三日目にきょうだいの二匹《ふたり》が呼吸をするのを止《や》めて冷たくなってしまったことも、ついさっき起こったできごとのように、はっきりと覚えている。

母上は、ひどく息が上がって苦しそうだった。俺はまだ目は開いていなかったが、鼻は猫一倍《ひといちばい》敏感だった。母上ののどはゼイゼイと乾いた音を立て、毛皮からは死んだきょうだいたちと同じ匂《にお》いが立ち上っていた。俺は、怖くて怖くて、ただ体を震わせて、母上の痩《や》せた体にすがるばかりだった。

「先生。……先生。まあ、お見やして。ムラサキさんが、子猫を生みはったようですわ。あら、まあ……せやけど、ああ……これはあかん、三匹はもう息があらへんようです……」

女のひとの声がした。それから「どれ……」と、別の女のひとの声がして、ふわりと、あのなんともいえない典雅な香りが鼻先をくすぐった。

「まあ……ほんまやな。ちょっと、ここから出してあげなあかんわ。どないかして……」

「どないしましょ。ムラサキさんも、なんや、ぐったりしてはりますさかい、とにかく、病院へ……」

母上が、シャーッと勇ましい声を出した。「痛《つ》っ」と女のひとが小さく叫んだ。俺を取り上げようとした女のひとの手を母上が引っ掻《か》いたのだ。

「大丈夫？　引っ掻かれてしもたん？」と、「先生」が訊《き》いた。

「えらい気ぃが立ってはるみたいです。無理もあらへんわ、初めてのお子やし……」

と、女のひとが答えた。

「どれ、もういっぺん見てみよか……まあほんまに、四匹とも見事な茶トラやな。ムラサキも茶トラやし……ということは、やっぱり父親は……」

「はあ。やっぱりヒカルの君、でしょうね……」

「そうやろなあ。ムラサキちゃん、えらいプレイボーイにつかまってしもたな。ヒカルは、こないだもお隣の『御所』から、やっぱり茶トラの彼女を連れて、このへんをうろうろしとったで。ムラサキがうちの縁の下で出産しよかというときやのに、別の女を引っ掛けて、ほんまに憎らしいこと……」

先生と女のひとがあれこれ話をしているあいだに、母上は、息も絶え絶えになりながら、「若、いいですか、よくお聞きなさい」と、俺を両手で抱きしめて、涙声で言った。

「母は、決心しました。あなたは、あの者たちと、人間の世界へゆきなさい。母と別れて、人間の世界で暮らすのです。あなたのきょうだいは、皆、だめになってしまった。母の命もどこまでもつかわかりません。あなたにだけは、生き延びてほしいのです。そのためには、人間の手に落ちる以外にはないのです」

「いやでございます、母《たた》さま、いやでございます！　私は、私は……いつまでもここにおります、母さまのおもとに！」

　と、俺は言いたかったのだが、おそらく母上には、そして先生と女のひとには、みーみーみーみーと鳴き叫ぶ声しか聞こえなかったことだろう。

「あらあらあら、どないしたんやろ。子猫が、火ぃがついたみたいに鳴き出したわ。なんとかせなあかん、早《は》よう」

「わかりました、先生。もいっぺん、やってみましょ。ほうら、こっちぃおいで、なんも怖いことあらへんで。子猫ちゃん、お姫さんやろか、王子さんやろか。さあおいで、こっち、こっち、チチチチ……痛《つ》つつつっ」

　俺をつかまえようとする手を引っ掻き、噛みつき、猫キックし、全力で抵抗したが、俺のちっこい体は、まんまとつかまってしまった。

「離せ、ええい、離せ！　私を誰だと思っているんだ⁈　私の母上の実家は御所である ぞ！　母上の一族は、京都御所で可愛がられてきた気高き野良なのだぞ！　市井《しせい》の人間の手になど落ちるものか！　下がれ、下がれ！　下がれったら下がれ！」

と、声の限りにアピールしたのだが、きっと、先生の耳には、いっそう悲愴《ひそう》なみーみーみーという鳴き声にしか聞こえなかったのだろう。

「おお、おお。かわいそうに、この子の目ぇ見てみ。目やにでくっついてしもてるわ。早よ、獣医さんに診てもらわんと……」

そう言って、先生は、鳴きわめく小さな小さな俺の体にほおずりをした。

まるで母上みたいにやわらかくて、あたたかくて、やっぱり典雅なにおいがした。

どうやら、先生の家系は、ずっとずうっとはるかな昔から、京都に住み、御所に出入りをしていた「和歌」の家、ということらしい。

俺の母上は、御所生まれで、子猫の時分から、御所の北側の通りを隔てたところにある先生のお宅の庭に遊びに行っていた。母上から聞かされたわけじゃないけど、先生が、和歌会（和歌の教室）のときに、俺がかごの中で眠っている隣の隣のそのまた隣の間で、全国から月に一度和歌を学びに通っている生徒たちに語りかけるのが聞こえてきたのだ。

——それはそれはかわいい茶トラの姫猫が、ちょっとまえからうちに出入りしていて、飛び石の上やらでひなたぼっこをしている姿を、なんとも愛らしく思って眺めていたら、あるとき、お腹《なか》がぽっこりと大きくなって——さては、あの天下のプレイボーイ、人呼んで「ヒカル」に引っ掛けられたなと、すぐにわかった。なぜなら、年端《としは》もゆかぬ姫猫を追いかけて、やはり茶トラの美男子猫《イケメン》が、うちの庭先をうろついていたから。

いたいけな姫猫は、人間年齢でいうならまだほんの十二、三歳。幼くしてヒカルに見初められたとは、まるっきり王朝絵巻、「源氏物語」の紫の上ではないか。そんなわけで、ムラサキと名付け、和歌会事務局の職員たちとともに、離れたところから見守っていた。

ムラサキのお腹ははちきれんばかりに大きくなって、ある日、姿が見えないと思ったら、我が家の縁の下で出産していた。四匹生まれたが、残念ながら三匹はもうだめで、残る一匹はまだ目も開いていなかったが、ムラサキが産後の肥立ちが悪く、息も絶え絶えな様子だったので、とにかく親子を引き離して、それぞれに病院に連れて行き、どうにか双方の一命を取り留めた——。

「それはすばらしい」男性の声がして、膝《ひざ》を叩《たた》く音がした。

「縁の下で出産とは、野良猫にとっては願ってもない環境です。縁の下がある家など、最近ではそうそうありませんから。さすが由緒あるお宅ならではです」

いやいや、そこじゃないだろ、すばらしいのは。

「すばらしいですわね、先生。お母さん猫と子猫ちゃん、両方助かったのですね」今度は女性の声がした。そうそう、そこなんだよ、賞讃《しょうさん》すべきは。

「両親ともに御所生まれで、子猫はこちらのお宅で生まれて育ったとあれば、正真正銘、由緒正しく格式高い公家猫ですわね」

ま、そういうことだ。もとは野良だけどな。

「それで、いま、ムラサキちゃんと子猫は一緒にいるんですか?」

そこで先生は、ふうっとため息。「それがねえ……」と切り出した。

「ムラサキはいちおう元気になったさかい、元通り放したの。ほら、うちには大きな犬がいてますやろ。せやさかい、猫は飼われへんのです。せやけどなあ、子猫のほうが、なかなか目ぇ開かへんし、栄養不足やし、母親から悪い病気もろたりしたら、抵抗力があらへんさかい、死んでしまうかもしれへんやろ。どないしよかと、困ってるとこなんです」

しーーーん。

と、沈黙の音が聞こえるくらいに、教室が静まり返った。

誰かなんぞ言うてくれはらへんかな、勇気のある誰かが手を挙げてくれはらへんかな……という先生の期待が、何枚もの襖《ふすま》越しにじわりと伝わってくる。じりじり、じりじり、誰ぞ、誰ぞ。鼻っ柱が強くて生意気で高慢ちきな公家猫をもらってくれる御仁はおられませんか？

「……あのう」

もぞもぞと、引っ込み思案な声がした。うつむいていたいくつもの顔が、いっせいに声の主のほうを向く気配がした。あとから知ったことだが、このとき、引っ込み思案に、しかしとんでもない提案をしたのは、俺らの永遠のライバル「犬」の小説を書いたこともあるという、動物好きの「作家」だった。

「うちにも大型犬がいるので、猫を飼うことができないのですが……私の友人で、ちょっとおもしろい仕事をしている超猫狂いの……いや、大の猫好きがいまして。彼女でしたら、引き取ってくれるかもしれません……」

ちょっと面白い仕事をしている超猫狂い。――それが「店主」のことだった。

それからしばらくのあいだ、いったい何が起こったのか——俺の明晰《めいせき》なおつむりに刻まれているはずの記憶は、御簾《みす》の向こうの月影のようにおぼろになっている。

その日、京都の街に、ここ数年なかったほどの雪が降った。凍り付くような寒い日が続いているようだった。俺は高熱を出し、食欲もなく、四人の「乳母《めのと》」たち（和歌会の職員の女のひとたちは自らをそう呼んでいた）がガーゼに含ませたミルクを吸うのがせいいっぱいで、朦朧《もうろう》として、上なんだか下なんだか、外なんだか中なんだかもわからず、ただただ、浅く呼吸をつないでいた。

夢か現《うつつ》か、俺は先生の膝の上にいた。典雅な、なんともいえないいい匂い。俺の骨だらけの背中を撫でる、やわらかくてやさしい手。

ああ、俺はこのまま死ぬんだろうか。母上の乳を吸うこともなく死んでいったきょうだいたちのように。もう二度と母上に会うこともなく……。

「まだお見えにならへんの？」

ふいに、先生がそばにいる乳母その一に訊いた。「ええ、まだのようです」と、すぐに返事があった。

「この雪では、京都駅でタクシーをつかまえるのも大変なのとちがいますやろか。それとも、新幹線が止まってしまったとか……」

「そうやなあ。博多なんて、えらい遠いところから来てくれはるんやし……それにしても……」

くすっと先生の小さな笑い声がした。

「なあ若、あんた、もうすぐお迎えが来て、これから筑紫の国に下ってくんやで。……まるで、菅原道真公《すがわらのみちざね》やな」

「あら、ほんまや」「ほんまに」「道真公ですねえ」乳母たちは口々に言って、笑った。熱のある耳に、花びらが舞い落ちるように、華やいだ笑い声が心地よく響いた。

「道真公ゆうたら、『飛梅《とびうめ》』ですね。都落ちしはる道真公が、眺め愛《め》でていた梅の木との別れを惜しんで、『東風《こち》吹かば……』と、梅に向かって歌を詠《よ》まはった。そしたら、その梅が、主人の後を追って太宰府《だざいふ》まで飛んでいった……」

乳母その二が、まるで俺に聞かせようとでもしているように、「菅原道真の追っかけ梅」について、わかりやすく解説してくれた。

と、そのとき。

「ごめんください」

聞き覚えのある声——作家の声だった。「はあい」と四人の乳母はいっせいに答えて、ぱたぱた、渡り廊下を駆けていった。

「ええか、若。おとなしゅうしとくんやで」

そう言って、先生は、俺を小さなかごの中へと戻した。俺は、ぼうっとしながらも、次の間に複数の足音が入ってくるのに耳をそばだてた。

「はじめまして。お足下の悪い中、ようこそ、お越し下さいました」

先生の声が聞こえてきた。作家と、もうひとりの誰か（これが店主だった）が、畳に両手をついて、平伏している気配が伝わってきた。

「先生。こちらが、先だってお話いたしました、猫本屋『吾輩堂』の店主でいらっしゃいます」

ハマ田作家が店主を紹介した。先生は、和やかな声で、「えらい雪でしたなあ。新幹線は動きましたか？」と遠路はるばるやって来た店主をねぎらった。すると店主は、即座に、
原田「いやはや、予想もしなかった天候で……新幹線は動きましたが、あいにくと駅からの牛車《ぎっしゃ》が立ち往生いたしまして」

と、言った。

「まあ」と四乳母が呼応した。

「そりゃあ、京で牛車が動くゆうたら、うちへ子猫を迎えに来るときと葵《あおい》祭のときだ

けですからなあ」

先生が落ち着き払って、店主の冗談を引き受けた。そこで、一同、ほのぼのと笑った。

「なんでも、最近、長いこと飼っておられた猫ちゃんを亡《な》くしはったとか。『作家』さんに伺いましたが……」

先生が訊くと、「いかにも……」と、声を落として店主が答えた。

二十年まえ、店主が結婚した年に拾ってきたキジ猫、ゴン。いまでは高校生と中学生になった息子と娘とともに成長し、我が子のようにかわいがってきた大切な家族だった。うれしいときにはむぎゅっと抱きしめてともに喜び、悲しいときにもむぎゅっとして涙をこらえ、腹立たしいときにはむぎゅむぎゅっとして猫キックをくらってすっきりしてきた。

「つまり、いっつもむぎゅむぎゅしてきはった……ゆうことでしょうか」

先生の問いに、「はあ、いかにも……」と、照れくさそうに店主が答えた。

「けれど、むぎゅむぎゅばかりではございません。猫とは、不思議な生き物です。物寂しかったり、ふてくされたりしているときに、ふと気がつくと、そばにいるのです。何も言わずに、あたたかく寄り添ってくれている。――いや、猫が何も言わないのはあたりまえですが、なんというか、押し付けがましくない。それが、たとえようもなく好《い》いのです」

と、店主は言った。

そんなふうに、二十年間、寄り添ってくれたゴン。彼と暮らすうちに、だんだん猫熱が上がってきて、とうとう猫にまつわる本だけを売る「ネットショップ」を立ち上げてしまった。ゴンは、その栄《は》えある初代店長に就任した。わずか三年に満たないあいだではあったが、後輩《もじゃ》や新入り《ちーちー＆チロ》たちにしっかりと店員のなんたるかを教え、二週間まえ、眠るように静かに息を引き取った。

福岡には珍しいほどの積雪の朝。庭の雪は朝日に輝き、目を開けていられないほどまぶしかった。――涙が止まらないほどに。

「思い出せば、いまでも泣けて参ります」潤《うる》んだ声で、店主が言った。

「そんな私を元気づけようと思ってくださったのでしょう、友人である『作家』さんが、こちらの若君のお話を持ち込んでくださったのです。正直、驚きました。由緒正しき公家猫の若君を、筑紫の国へ天下りいただいてもよいものかどうかと……しかもまだ、目も開ききっていない幼子とのこと。母君のお乳をじゅうぶん飲ませなければ、免疫力《めんえき》もつかないのではないかと心配しておりまして……」

「そのことですが……」と、今度は乳母その一の声がした。

「母猫のムラサキは、まだ年若く、しかも初産で、かなり体力が落ち、肺炎を起こしておりました。それで、いったん母子を引き離し、病院に連れていったんです。母はなんとか回復したんで、元通り、自由にいたしました。ほんでも、子猫のほうは……実は、今日まで、先生と私ら乳母チームで必死に看護してきたんですが……なかなか体力が回復しないのと、目も患《わずら》っているようで、このさき開くかどうかもわかりません。せっかくお越しいただいたのに、こんなことを申し上げてはあかんのでしょうが、お引き受けいただくには、ちょっと……」

ひと息にそこまで言ったものの、言葉に詰まってしまった。

応接の間は、静まり返った。しんしんと降る雪の音さえ聞こえてくるようだった。

俺は、いっそう苦しく、それに加えて切なくて、どっちにしてももう死ぬのだ、牛車に乗って筑紫の国になんぞ行きたくない、死ぬのだ、ここで、もう母上にも会うことなく――と、絶望の池に放り込まれたみたいに、思わず声を上げて泣き叫びそうになった。

と、そのとき。

「――お引き受けいたします」

店主の声がした。やはり潤んで熱を帯びた声だった。

「若君が苦しんでおられるのなら、その苦しみを取り除いてしんぜましょう。目が開かぬのなら、必ずや光明をお見せいたしましょう。子猫がいかなる状態であろうとも……この私に、どうか引き受けさせてください。なぜなら、すべての猫は、幸せになるために生まれてくるからです。幸せになるために生まれてきた、たったひとつの尊い命なのです」

――私は、若君を幸せにしたい。それが私の幸せだからです。

店主は、あたたかな声でそう言った。涙のにおいが、ふと、鼻先をかすめて通り過ぎていった。

なぜだか、わからない。

店主の言葉を聞いた瞬間、なかなか開かなかった俺の目が――かすかに、ほんのかすかに開いた。淡い光が差し込んだ。痛くて、まぶしくて、俺は思わず声を張り上げた。

助けて。――助けて！

生きたい。生きたいのです、私は！

生きて、生きて、生き抜いて――筑紫の国へと下らされた道真公を慕って飛んでいったという「飛梅」のように、店主どの、あなたを追いかけて生きてゆきたいのです。お連れ下さい、この私を。店主どの、あなたとともに、どこまでもゆきます。

先生。乳母がた。——母上。

どうか私を行かせてくださいー。

すらり、と襖が開く音がした。俺は、力の限り鳴いていた。熱も、ウィルスも、病魔も、何もかも吹っ飛ばすくらいの勢いで。

ふとなつかしいにおいがした。たまらなくいいにおい。ああ、そうだ。これは——母上のにおいだ。

震える俺の体を、そうっと、そうっと、抱き上げる両の手。ああ、なんて軽やかで気持ちのいい手なんだろう。先生のあたたかな大きな手も、気持ちよかった。だけどこの手は、まるで天女の羽衣みたいだ。

「はじめまして、若君さま。——吾輩堂でございます。今日から、よろしくお願いいたします」

やさしい囁《ささや》きが、俺の耳を撫でた。俺は、ぴたりと鳴くのをやめた。

そのときにはもう、俺の心は定まっていた。——この人とともに、どこまでもいくのだと。

移動用のキャリーの中に、ふかふかの毛布が敷き詰められた。哺乳《ほにゅう》瓶、猫じゃらし、鈴のついた赤い首輪。乳母たちからの心づくしの贈り物だった。

「お元気で、若さま」「大きゅうなるんですよ」「ご立派にならはりますように」

乳母たちが、代わる代わる、俺にほおずりをした。作家も、引っ込み思案に俺の背中をそっと撫でた。

先生は、少し離れたところから俺をみつめているようだった。乳母たちがひとしきり別れを惜しんだあとで、静かな声で先生が言った。

「私からは、なんにも差し上げるものがありませんけど……ずっと考えた末に、思いついた名前があります。それを、餞《はなむけ》として差し上げましょう」

「ほんとうですか」驚きと喜びがこもった声で、店主が言った。「光栄です。ぜひ」

束《つか》の間《ま》、先生は黙り込んだ。微笑の気配があった。やがて、和歌を唱和するときのように朗々とした声で、命名した。

「飛梅太《とびうめた》」

――えっ？

しーん……と、沈黙の音が聞こえた。次の瞬間、全員、弾けるように笑い出した。

大宰権帥《だざいのごんのそち》飛梅太、通称・若。目下、筑紫の国・博多にて、猫本専門ネットショップ「吾輩堂」見習い丁稚として奮闘中である。

筑紫へ下ってすぐ、俺は目の手術を受けた。ひと月後、いろんなものが見え始めた。親父さん、デカい。緑の目がきれいだ。何くれとなく、俺の面倒をみてくれる。兄者、イカしてる。俺も黒い毛皮が欲しい。姉者はツンデレだ。ちっとも俺と遊んでくれないくせに、店主の枕《まくら》の上で昼寝してると、ときどきぴたっとくっついてくる。店主、スゴい。高速で電気座布団を叩いてる。全国の猫狂いの人間たちのために、おもしろい猫本、泣ける猫本、とにかく猫本を送りまくってる。

それから、つい最近、とてもいい報《しら》せがあった。母上が、先生と一緒に暮らすことになった——と、作家が店主に電子木簡《メール》を送ってきたのだ。先生、すっかり母上に情が移ってしまったようだった。店主の喜び方は、ハンパなかった。すべての猫に幸せになってもらいたいと、この人は、ほんとうの本気で思っているのだ。

店主の机の上、電気座布団の横に、小さな白い花をつけたひと枝が、花瓶に入れられて飾ってあった。甘く妖《あや》しく香《かぐわ》しい花。俺は、うっとりと顔を近づけてみる。

「お前の花だよ。太宰府天満宮にある『飛梅』だ」と親父さんが教えてくれた。「一首、添えてやろうか。道真公の、あの歌を」

東風吹かば　にほひをこせよ　梅花《うめのはな》
主《あるじ》なしとて　春をわするな

協力・書肆《しょし》　吾輩堂

猫の神さま

村山由佳

村山由佳（むらやま・ゆか）

一九六四年、東京都生れ。立教大学卒業。九三年『天使の卵―エンジェルス・エッグ』で小説すばる新人賞を受賞しデビュー。二〇〇三年『星々の舟』で直木賞、〇九年『ダブル・ファンタジー』で中央公論文芸賞、島清恋愛文学賞、柴田錬三郎賞を受賞。ほかの著書に『放蕩記』『ワンダフル・ワールド』『La Vie en Rose ラヴィアンローズ』などがある。

あたしは、猫として生まれた。

熱くて暗くて狭いところを通ってぐいぐい押し出されたかと思ったら、全身を覆《おお》っていた半透明の膜がぎしっぎしっと嚙《か》み破られて、鼻の穴に溜《た》まった水をざらざらの舌で舐《な》め取られたとたん、乾いた空気の束がどっと肺の奥まで流れこんできた。苦しくて死ぬかと思った。産声《うぶごえ》はつまり、悲鳴だった。

同じようにしてひとあし先に生まれ落ちた姉たちと、あたしはまず、母さんのおっぱいを奪い合った。まだ目なんか開かない。誰かの前肢《まえあし》があたしを押しのけようとするから、あたしも別の誰かの頭を踏んづけながら乳首にむしゃぶりついた。この世で生き延びていくための最初の戦いだ。引き下がるわけにはいかない。

狭い産道を通って出てくるから、生まれてすぐのあたしたちは鼻の先が細長く尖《とが》っている。当たり前のことなのに、籠《かご》の中を覗《のぞ》きこみに来る誰もが、

「何これ、ハムスター？」

なんて笑うから、しばらくの間あたしは自分のことをそんなふうに呼ばれる生きものだと思っていた。

今ふり返ると、ネズミの仲間なんかに生まれなくてほんとによかった。頭からがりがり食べられる側にはまわりたくない。

おまけにネズミって、たいして美味《おい》しくないのだ。ちょろちょろ逃げまわるのを捕まえて、爪《つめ》に引っかけて空中に放り投げたりして存分にいたぶるのは愉《たの》しいけれど、肉は薄くて硬いし、牙《きば》を立てたときに舌の上に広がる血がまるでずっと押し入れで湿ったままの布団《ふとん》みたいなかび臭い匂《にお》いがして、あたしは好きになれない。味という点で言わせてもらえば、鳥のほうがだんぜん美味しい。スズメもメジロも、ドバトもキジも、およそ鳥ならば何だっておいしい。暴れると羽毛が飛び散って鼻に貼《は》りつくのは鬱陶《うっとう》しいけど、嚙みしめた時、奥歯にしみわたる血はほのかに甘いし、細っこい骨が口の中でぱしぱし折れてゆく食感がもう、たまんない。

——話がそれた。

後になって母さんから聞かされた話では、あたしたちが一緒に暮らしてあげているあの人間、ヒトのメスは、産気づいた母さんが苦しい思いをしている間ずっと前肢を握ったりおなかをさすったりして、お産婆《さんば》さんを務めていたらしい。

言われてみれば、うっすら覚えている。子宮の中で、ほんとはこのままじっとしていたいのに、大きな律動とともに押し出されつつあった時のこと。痙攣《けいれん》と収縮をくり返すおなか越しに、何かあったかくて柔らかいものがそっと撫《な》でてくれるのを感じていた。くふ、くふ、と咳《せ》き込んでいた母さんも、そうされると身体《からだ》の力を抜いて横たわるから、中のあたしたちも楽になった。

あれは、あの人間のてのひらだったのか。そう思ったら、あたしも母さんにならって、少しずつ心を許す気になっていった。

彼女は、詩を書く人だった。ふだんは音楽に合わせて歌詞を書くことでお金をもらっているらしい。

はっきり言って、おそろしく外づらのいい自堕落なメスだった。部屋なんか、お客が来るときだけは片付けるけど、いつもは目を覆うほど汚い。ただどういうわけか、あたしたち猫に対する気遣いだけはなかなか行き届いているのが不思議だった。いわゆる、あれだ。ヒトのオスとは暮らせないけど、猫とは暮らせるタイプの女。あの典型だと思う。

いかんせん、本人には絶望的に自覚がないらしく、年がら年じゅう恋に落ちては発情してばかりいる。母さんがこの家に住みついた時から数えても、今のオスで三人目だそうだ。あたしたち猫は春と秋にだけ慎《つつ》ましやかに恋の季節を愉しむのに、ヒトのメスの節操のなさといったら、ハツカネズミにも劣る。おまけに彼女ときたら、発情するだけならまだしも簡単にほだされてしまって、どのオスにもひたすら貢《みつ》いでは馬《ば》鹿《か》みたいに尽くそうとするのだった。どうせ長続きなんかするはずもないのに。

「いったい何を根拠に、今度こそはうまくいくなんて信じられるのかしらねえ」

ようやくおっぱい以外のものを食べ始めたあたしたちを前に並べて、母さんはため息まじりに言った。

「人間にとっての〈うまくいく〉は、お互いの自由を二度と許さないってことと同じ意味らしいの。相手を縛ろうだなんて考えるから、窮屈すぎて駄目になっちゃうのよ。オスだってメスだって、好きなときに好きなことしたいのはお互いさま。私は、自由を明け渡すなんてまっぴらだわ」

この界隈《かいわい》きっての美猫《びびょう》と謳《うた》われ、何匹ものオス猫たちと浮き名を流してきた母さんが口にする言葉には、なんだか重たい説得力があった。

一腹で生まれたあたしたち四姉妹の、毛皮の模様を見ただけでも、父親がみんな別々だってことはわかる。嘘《うそ》じゃない。猫のメスにとっての排卵っていうのは毎月決まっているわけじゃなくて、気に入ったオスと寝ると、それが刺激になって複数の卵子が下りてくる。つまり、一夜のうちに何匹ものオスと立て続けに恋を愉しんだとしたら、その全員が同時に父親になれる可能性があるというわけだ。

なんてよくできた仕組み、なんて優れた種族なんだろう。妊娠・繁殖の機会を逃さないようにしながら、同時に、多種多様な遺伝子を残していける。人間みたいに不自然なやり方で相手を縛っていたら、いまに滅びてしまうだろうに。

もちろん、そうなっても、あたしたちはちっとも困らない。明日、人間が世界から忽然《こつぜん》と消えたって、この爪さえあれば獲物《えもの》は捕まえられる。

まあ、あえて言うなら、上等なマグロの缶詰にはちょっとだけ未練があるけど。あごの下や耳の後ろやうなじのあたりをちょうどいい按配《あんばい》でくすぐってくれる指にも、けっこうな未練はあるんだけど。

――また話がそれた。

あたしたちの額はほんとに狭くて、神さまは、あれもこれも収めることまではできなかったらしい。そのせいか、過去のことはよく覚えているのだけど、先々を考えるのは得意じゃなくて、だからつい、話していても方向を見失う。その点はどうか許してほしい。

ちなみに、猫にとっての神さまは、人間の言うようなものとは違う。全知全能の力を持った特別な猫、みたいな存在がいるわけじゃないし、神話のようなものもない。お供えをすれば願いごとを叶《かな》えてくれるわけでもない。もっとこう、漠然とした存在で、だけどおよそ猫に生まれた者なら誰しもその気配を感じられる何ものか——としか言えない。とにかく、だからあたしは、あたしが祈りたい時にだけ、あたしが祈りたいものに向かって祈る。

……何の話だったかしら。

まあいいわ。

あたしたちの生まれた家は、郊外の丘の上に建つ一軒家だった。小さな庭と菜園があり、敷地はカイヅカイブキの垣根にぐるりと囲まれていて、二階の窓からは眼下に一面の田んぼが青々と広がっているのが見渡せた。裏手はこんもりとした里山で、雑木と竹に覆われ、朝にはたくさんの小鳥たちが鳴き交わし、夜にはタヌキが吠《ほ》えたり、フクロウが鳴いたりした。

その家で、あたしたちは右も左もわからない子どものまま春を過ごし、夏には母さんから狩りの仕方や猫として生きるための作法を教わり、いつのまにかしなやかな肢体を手に入れて秋風を知った。

やがて、冷たい木枯らしの季節を迎えた頃だろうか。

あたしたちは母さんを失った。

あんなに愛情深かった母さんが、ある朝いきなりあたしたちに向かって鋭い息を吐きつけて怒ってみせたかと思ったら、外へ飛びだしていって何日も帰らなかった。たまに帰ってきたとしてもあたしたちが近づこうとすると牙を剝《む》いて、ヒトのメスがいくら引き止めても家には長居しなくなり、そのうち本当に出ていってしまった。

仕方のないことなのよ、と、近所のお婆《ばあ》さん猫が教えてくれた。

「わたしらにも覚えがあるけど、どうしようもないの。必要なことだからそうするだけだし、望んでなくても身体が勝手に動いてしまうの。決して、あんたたちを嫌いになったわけじゃないのよ」

そう言われて、なんでだか涙が出そうだったけど、どうしようもないというのなら、どうしようもない。母さんだってきっと辛《つら》かったんだろうと思うことにして、あたしはこの先ずっと、優しかった頃の母さんだけを思いだすと決めた。

そのあとしばらくして、いちばん頭のぼんやりした茶トラの長女が、裏の山を越えた向こうの農家で可愛《かわい》がられるようになり、帰ってこなくなった。

そうかと思えば、次女の真っ白いのがどこかの犬に追いかけられて逃げていった先で行方不明になった。

三女の黒いのはといえば、田んぼの畦道《あぜみち》で軽トラックに轢《ひ》かれて死んでしまった。あたしはそのとき一緒にいなかったけど、たまたま見ていたオスの黒猫が教えてくれたのだ。

「たぶんあいつは俺の種だったと思うんだよなあ」

そうかもしれないし、そうじゃなかったかもしれない。黒い猫というだけなら他にだっている。

いずれにしても、運命には抗《あらが》えやしない。末っ子で三毛のあたしはそうして、ヒトのメスと、その恋人との三にんで暮らすようになった。

ある日、ヒトのメスは、あたしをそっと撫でては頰を寄せてきて言った。

「さくら。ねえ、さくちゃん。お前だけは、ずっとうちの子でいてね」

——あたしを〈お前〉呼ばわりしていいなんて誰が言った。

——っていうか、〈さくら〉とか〈さくちゃん〉って何それ。ダサすぎる。

抗議の唸《うな》り声をもらしてみても、彼女には通じない。

「さくちゃん、可愛いね。ほんとにお前は、なんて美人さんなんだろうね。お願いだから、私を独りにしないでね。ずうっと私の猫でいてよね」

——違う。あたしが、〈あんたの猫〉なんじゃない。あんたが、〈あたしのヒト〉なんだ！

大声で鳴いて頭突きをしてみせると、彼女はとても嬉《うれ》しそうに顔をほころばせ、あたしを抱き寄せて、おでこのあたりを指で撫でた。

悔しいけど、文句なしに気持ちよかった。喉《のど》が勝手にゴロゴロと鳴り始めてしまう。うっとりして目を半分つぶり、彼女のセーターを前肢で踏んでいたら、母さんのおっぱいを吸っていた頃の気分になった。

——そうよ。あんたが、〈あたしのヒト〉なんだ。

じんわりと沁《し》みてくるその想《おも》いはあたしに、まるで最高の白身魚を食べ終えた後で陽だまりに出て、誰にも邪魔されることなく毛づくろいしている時のような満足感をもたらした。

ふいに、体の奥から甘ったるくて凶暴な感情が衝《つ》きあげてきた。我慢できなかった。あたしは額を撫でる彼女の指を、両の前肢で抱えこみ、がじがじと齧《かじ》りつきながら後肢をそろえて蹴《け》ってやった。もちろん、それなりの手加減は加えてあげたけど。

「痛い痛い、わかったってば」

〈あたしのヒト〉はそれでも怒らず、ぎゅうっとあたしを抱きしめて言った。

「大好き、お前のこと。愛してるよ、さくちゃん」
あたしの喉がたてる音は最高潮に達した。
わけのわからない幸福感に、息が詰まって死んでしまいそうだった。

やがて知ったことだけれど、彼女は、あたしにだけそう言ってくれるわけじゃなかった。オスの人間から、特にベッドの上で求められると、ものすごく簡単にその言葉を手渡した。

あたしたちが生まれた時、すでにこの家に住みついていたオスは、〈あたしのヒト〉よりいくつか年上で、眼鏡をかけていて、猫の常識から言わせてもらうと信じられないくらい身ごなしの美しくない人だった。自分の背が低いことをずいぶん気にしていたけど、そんなことより、その微妙に背伸びしながら前のめりにせかせか歩く癖を先に直せばもう少しマシに見えるのに、といつも思った。

いけすかないオスだった。定職はあるような無いような感じで、〈あたしのヒト〉にえらそうに物を言い、家の中のことは何ひとつ手伝おうとしない。お金にならないことのためには動かない、と決めているみたいに。何より、あたしのことを、まるで犬を相手にするような身ぶりと声色でぞんざいに扱うのがいちばん我慢ならなかった。

デリカシーというものが欠片《かけら》でもあったなら、猫と犬を同列に考えられるはずがない。どうしてあんなにガサツな輩《やから》と暮らそうと思い、実際に長く暮らせたものか、気が知れない。〈あたしのヒト〉ときたら、猫を見る目はあんなに確かなのに、人間のオスを見る目はからっきしなのだ。

彼は、殴るとか蹴るなどといった暴力こそふるわなかったけれど、不意にあたしを後ろから羽交い締めにしたり、ふざけて大きな音をたてて驚かせたり、勢いをつけて宙に抱きあげたりした。あたしが嫌がって身体をくねらせるとよけいに押さえつけ、わざと毛並みを逆撫でしたり、ぐちゃぐちゃにかき混ぜたりもした。

——やめて！

叫んでも面白がって笑うばかりで、まともに取り合ってくれない。自分が愛してやっているのだから相手は嬉しいはずだと、勝手に決めこんでいる様子だった。たとえ基本にあるのが愛情だとしても、その示し方によっては相手にただ苦痛しか与えられないのだという、そんな当たり前のこともわかっていないのだ。

これが猫同士だったら、あるいは行きずりの人間だったら、あたしのこの十本の鉤《かぎ》爪《づめ》で皮膚なんかべろべろに切り裂いてやれるのに、曲がりなりにも同居人だから始末が悪い。信じられないことに〈あたしのヒト〉ときたら、このオスに後ろから羽交い締めにされながら、うっとりとあの言葉を口にするのだった。あたしにささやいたのと同じ、あの特別なはずの言葉を。

ばかばかしくて、情けなかった。猫用の耳栓はないものかと思った。

そんなふうだったから、やがて〈あたしのヒト〉とそいつとの間によくわからないけど決定的な亀裂《きれつ》が入り、その果てにとうとう別れることになった時は、どんなに胸がすっとしたことか。ようやくそいつから離れて、ふたりきりで暮らせるのだと思うと、生まれてこのかた曇天か雨だった世界に初めて青空が広がったくらいの解放感を覚えた。

なのに、〈あたしのヒト〉ときたら……。

椅子《いす》に座ったあたしの前にしゃがみ、

「さくちゃん、聞いて」

彼女はじっと目を覗きこんで言った。いやな予感がした。

「これから暮らす部屋は、東京のマンションの四階にあってね。地面は遠いし、車が多いから、お前を外に出してあげることはできないと思うの。今までみたいに小鳥やネズミを捕って遊んだり、夜中に裏山を探検したりもできなくなっちゃうの。ごめんね、さくちゃん。それでも私は、お前を連れていきたい。離れるなんて絶対できないよ。ねえ、一緒に来てくれる？」

聞かされた内容の半分くらいはうまく想像できなかったし、真夜中の冒険がもう出来なくなるのも寂しかったけれど、あんな粗暴なやつとびくびく暮らすよりは、彼女と二人きりで狭い部屋に閉じ込められるほうがむしろよっぽど自由だ。そもそも、そんな当たり前のことをわざわざ訊《き》くなんて、頭がどうかしてるんじゃないか。他にどんな選択肢があるというのだろう。

――あんたは〈あたしのヒト〉なのよ。どこへ行こうと、あたしの身のまわりのこと全部の面倒を見るのがあんたの務めなの。それに、あたしがそばでちゃんと見張ってないと、新しい部屋だってすぐにゴミ溜めみたいになっちゃうだろうしね。

彼女の指が柔らかな櫛《くし》のようにあたしの毛皮を梳《す》き、毛の流れに沿って喉をそっと撫で下ろす。ああ、気持ちがいい。これからはこの指を独り占めできるのだと思ったら、すうっと心が落ち着いた。

小さく鳴いて肩のあたりに額をこすりつけると、〈あたしのヒト〉は安堵《あんど》のあまり泣きそうな顔をした。

「待っててね、さくちゃん。またすぐに会えるから。部屋を借りる契約を交わして無事に引っ越しが済んだら、その足で迎えに来る。それまでは彼が面倒見てくれる約束だから、どうか我慢してね」

——ふざけるなあああーっ！

と、思いっきり抗議の声をあげたのだけど、どうにもならなかった。こんな時、猫は非力だ。好むと好まざるとにかかわらず、ヒトの決めたことに従わざるを得ない。

彼女は車にトランクとボストンバッグを積んでいなくなってしまい、あたしは、この世でいちばん我慢ならない人間とふたり、何日も過ごすしかなかった。

一週間くらい、と彼女は言っていたけれど、人間の時間感覚なんてよくわからない。そもそも彼らは知らないんだろうか。時間は伸び縮みするものだということを。

あたしにとって、彼女を待っている〈イッシュウカン〉は、無限と同じくらい長く感じられた。大丈夫、またすぐに会えるって言ってたもの、と思うそばから、もう二度とここへは帰ってこないんじゃないかという不安に駆られて息もできなくなる。

ほんとに、ほんとうに、あたしを迎えに来る？　あたしは彼女にとって、それだけの価値がある存在？

こんなことなら意地を張ったりしないで、もっと素直に甘えておけばよかった。このあたしが〈あたしのヒト〉だと認めるのは、世界広しといえどもあんた一人だけなのよって、もっとちゃんと伝えておけばよかった。

陽が昇り、陽が沈んだ。空は曇ったり晴れたりした。

オスの人間とは、お互いほとんど口をきかなかった。

これは公平さのために言っておくけれど、彼はちゃんとあたしにカリカリをくれたし、水も一応毎日替えてくれた。前みたいにあたしを押し倒したり、乱暴に扱ったりはしなかった。〈あたしのヒト〉が見ていないところではそんなことをする気にもなれないようだった。

一度、あたしの前に新しい水を置きながらぼそっと言った。

「ばかだよな。なんでもっと早く、ちゃんと伝えなかったんだろうな」

あたし自身の後悔のことを言っているわけではなさそうだった。

食欲はなかったけれど、あたしは努めて食べた。〈あたしのヒト〉が帰ってきた時、へんに痩《や》せ細っているあたしを見たら、彼が義務を果たさなかったみたいに誤解してしまうかもしれない。まるで罠《わな》にはめるみたいな、そんなアンフェアな真似《まね》はしたくなかった。

陽が昇り、陽が沈んだ。雨が降ったり止《や》んだりした。

あたしは全身全霊で祈った。神さま、〈あたしのヒト〉を今すぐここに連れ戻して下さい。だって、寂しいんです。寂しくて、会いたくて、たまらないんです。

そうしてある日、あたしの耳はその音をとらえた。

次の瞬間、出入り口へと走っていた。専用の小さな扉を額で押し開けて外へ飛びだすと、ああ、やっぱり! 見覚えのある、ゴツくて四角な車が停まっていて、運転席から彼女が降り立つのが見えた。

あたしは駆け寄り、足もとに身体をこすりつけた。

「さくちゃん!」

懐《なつ》かしい声が降ってくる。

「さくちゃん、ただいま。元気だった? 元気だった?」

——なに言ってるのよ、ばか! 元気なわけないじゃない!

デニム地に爪を立てて脚をぐいぐいよじ登り、シャツの胸のあたりをもみくちゃにしてやり、首っ玉にすがりついて顔じゅうに鼻先をこすりつける。

「わかった、わかったから」

——わかってない! あたしの気持ちなんかどうせ全然、わかってない!

ひっきりなしに鳴きたてるあたしをなだめるように撫でさすって抱きしめ、彼女は、湿った声で言った。

「私もだよ。私も、会いたかった。寂しくて寂しくてたまらなかったよ」

＊

そうしてあたしたちは、ふたりで新しい部屋へと移った。

生まれて初めて車に乗せられて移動する間、あたしは二秒に一回ずつ力いっぱい鳴いて、カマボコ型のバスケットに閉じ込められるのが大変に不快であることを〈あたしのヒト〉に教えてやった。

「ねえ、わかったってば、さくちゃん」

彼女は、お得意の言葉をくり返した。

「嫌なのはわかってるけど、もうちょっと我慢して。鳴いたからって早く着くわけじゃないんだよ」

トンネルじゅうに響きわたるあたしの異議申し立てに閉口した彼女は、とうとうカーステレオのボリュームを上げてため息をつき、

「さくちゃんにもボリュームのつまみが付いていたらよかったのにねえ」

失礼極まりないことを言った。

あたしたちがこれから暮らすことになった部屋は、田舎の一軒家に比べたらほんと

に狭かった。窓から見えるのは一面の緑の田んぼじゃなく、黒っぽい運河と無機質なビル群だ。

サッシのふちに飛び乗って外を眺めていると、日に何度も、川岸の船宿から古ぼけた屋形船が出ていったり、対岸のビルを背景に巨大な芋虫みたいなモノレールが横切っていったりした。空はちっとも青くなくて、晴れていても白っぽかった。

〈あたしのヒト〉は、ずっと沈んでいた。感情の激しい波がしばしば襲ってきて、そんなとき彼女はひとり、身体を震わせて痛みをこらえていた。

彼女が枕《まくら》につっぷして長い間じっとしている時、あたしはそばへ行き、こめかみや耳のあたりの匂いを嗅《か》いだ。塩っぽい体液の匂いがする時のほうが、むしろ安心した。ひげの先が触れると、彼女は顔を上げてあたしを抱き寄せる。まるで、溺《おぼ》れかけた人が救命具にしがみつくみたいに。

その頰や手は、身体の内側に満々とたたえた涙のせいですっかり熱くなっていて、そんな時あたしは、濡《ぬ》れた鼻先をあちこちに点々と押しあてては冷やしてやった。我慢なんか、しなければいいのに、と思った。猫と違ってせっかく泣けるようにできているんだから、泣きたかったらもっと素直に泣けばいいのに。

明け方、〈あたしのヒト〉がまだ眠っている時に、そっと布団を抜けだす。人間のオスがいた頃は、布団に毛が付く、だなんて馬鹿ばかしくも当たり前すぎることを言われて寝室に入ることさえ許してもらえなかったものだけれど、今ではもちろん自由だ。

小さなキッチンの足もと、ボウルいっぱいに満たされた新鮮な水を飲み、チキン味のカリカリを少し食べ、それからサッシのふちに飛び乗って、前肢で口やひげの周りをきれいにする。そうしているうちに朝日が昇ってきて、まっすぐな光が対岸のビル群を強く照らす。昼間はみすぼらしかった建物がどれもみな、黄金の延べ棒みたいに眩《まぶ》しく輝きだす。

前に暮らしていた場所では、朝日が照らすものは裏山の木々であり、庭の花であり、蜘蛛《くも》の巣に連なる透明な露であり、草の根っこでうごめく昆虫だった。あたしは、望めばすぐにそれらのそばへ行って匂いを嗅ぎ、手触りや、場合によっては舌触りだって確かめることができた。あたしたちにとっての神さまの恩寵《おんちょう》を全身で受けとめ、歓喜にひげの先をふるわせることができた。

今は、違う。目に映るもののほとんどは、あたしが触れられないものたちだ。

毛づくろいを終えると、あたしは音もなく床に飛び下りて部屋を横切り、寝室に戻ってベッドの枕元に飛び乗る。眠っている彼女に遠慮なんかしない。ざらざらの舌で頬を舐めてやると、彼女は眉根《まゆね》に皺《しわ》を刻みながらも寝返りを打ち、布団をテントの入口みたいに持ちあげて、あたしが中に入れるようにしてくれる。

ぬくもって湿った空気は〈あたしのヒト〉の匂いに満ちていて、あたしはしばらくそれを嗅いで味わってから中にもぐり込み、そのままじゃまるで陰と陽のシンボルみたいだからそっと向きを変えて、彼女の腋《わき》の下にすっぽりおさまるように横たわる。彼女はあたしを潰《つぶ》さないように抱きかかえ、顎《あご》の先であたしの額を優しく押して、再び夢と眠りの淵《ふち》へと滑り落ちてゆく。

あたしの定位置。あたしだけの場所。今、あたしが唯一《ゆいいつ》触れられる、確かなもの。

＊

その年の冬――〈あたしのヒト〉に、ふたたび恋の季節が訪れた。
当の本人が気づくよりも前から、そばにいるあたしにははっきりわかった。わからないほうがどうかしている。何しろ彼女ときたら、薄べったくて四角い金属の板が〈ピルルル！〉と小鳥に似た声で鳴くたびに、獲物に飛びかかるような勢いで走っていっては眦《まなじり》を決してそれに見入るのだ。どうやら特定の誰かからのメッセージが届くのを期待しているらしく、それが単なる仕事関係のものだったりすると、あからさまに肩が落ちるのだった。

どうして、つがいの相手なしでは満足できないんだろう。

そう思うと、ひどく寂しかった。あたしは彼女だけいれば充分なのに、彼女はそうじゃない。あたしだけでは充分じゃないのだ。

「もう十何年も会ってなかった昔の恋人なんだけどね」

彼女はこっそりあたしに告白してよこした。

「わかんないの。どうして私、一度は別れた彼のことがこんなに気にかかっちゃうんだろう。向こうも、どうして今になって私なんかにかまうんだろう」

猫は、ほんとうの気持ちを我慢しない。いくらお腹《なか》が空《す》いていたって気にくわない相手にすり寄ったりしないし、撫でられたくない時に背中を撫でまわされるのを許したりもしない。そんなことをくり返していたら、いちばん大事な自由を明け渡さなくちゃならなくなる。

だから、あたしも正直になることにした。

〈あたしのヒト〉が、こんなにきれいで素敵でごきげんな猫の存在を忘れて、あのばかげた四角な金属板ばかりいじり始めるたびに、あたしは隅っこで壁のほうを向き、無言のまま背中から思いっきり負の信号を発してやった。

テレパシーとかじゃないから、すぐには届かない。とても長くかかる時もあるけど、あたしの送るドブネズミ色の気配はじわじわと部屋の空気を侵食していき、やがて彼女の足もとから這《は》いのぼっていって、ついにその注意を、スマホとか呼ばれる四角な板から引き剝《は》がすことに成功する。

そうすると彼女は、慌《あわ》ててあたしのそばへ駆け寄ってきて謝るのだ。

「さくちゃん、ごめん。ほっといたりしてごめんね」

あたしは尻尾《しっぽ》でぱたんぱたんと不規則に床を叩《たた》き、おそろしく気分を害していることを伝える。

「ねえ、誤解しないで。何をしてる時だって、お前のこと忘れたりはしてないよ。ほんとだよ」

よく言う。今、思いっきり忘れてたくせに。あたしはごまかされやしない。

背中に触ろうとする手を、皮膚をぴりりと震わせることで拒んでみせると、彼女はなおも猫撫で声で謝りながら立ちあがって冷蔵庫を開ける。缶詰を出し、中身を皿にあけ、レンジでほんの少し温めてから、あたしの前に置く。べつに缶詰が欲しくて、駆け引きみたいに背中を向けてたわけじゃないのに。

「悪かったってば。お願いだから、機嫌直してよ」

そっぽを向きたいところだけれど、マグロの湯気がふわんふわんと鼻をくすぐる。そんな時あたしは、とりあえず今だけはごまかされてあげることにした。何と言っても、マグロに罪はないんだし。

結局のところ、どちらかが大人になるしかなさそうだった。

あたしにだって、理解できないわけじゃないのだ。〈あたしのヒト〉が大切にしている仕事——恋の歌を書いて、聴く人の心をふるわせる仕事——のためには、彼女自身が、恋心を身の裡《うち》に絶やすわけにはいかないんだってことぐらい。

それに、今度のオスはたぶん、前のに比べたらずいぶんとましなんじゃないかと思われた。一度もこの部屋に来たことがないばかりか、二人ともまだ電話でのやり取りが再開されたばかりで会ってもいないようだけれど、会話から推し量る限り、その彼は、〈あたしのヒト〉の性格の美点と問題点とをよくわかっている様子だった。

「うちの猫がね……」

何かの話の流れで、彼女がそう言った時のことだ。

「たぶんそいつ、自分のことを、きみんちの猫だとは思ってないんじゃないかな」

電話から漏れ聞こえてくる低い声は言った。

「猫ってそうじゃん。せいぜい、お情けでこの人間と一緒に暮らしてやってる、くらいの感じだと思うよ」

――へえ。オスのくせに、ちゃんと物の道理をわきまえてるじゃないの。

満更でもない気分で寛《くつろ》いでいるあたしを見て、〈あたしのヒト〉はふんわりと笑みを浮かべた。

胸を、衝かれた。だってそれは、あたしが生まれてこのかた一度も見たこともないほど無防備な、まるで小さな子どもみたいな笑い方だったのだ。

〈あたしのヒト〉に、こんな顔をさせるなんて。

「確かにそうかもね」

と、彼女は柔らかい声で言った。

「その猫、名前は？」

「さくら。さくちゃん」

呼ばれたわけじゃないことはわかっていたけれど、あたしは首をねじって彼女を見上げ、微妙にかすれた声で鳴いてみせた。

「今の、聞こえた？」

「おう。なんか、まだ仔猫《こねこ》みたいな鳴き声だな」

「そうなの、声だけはね。体はけっこう貫禄《かんろく》あるよ」

そうして彼女は、あたしの目をじっと覗きこみながら言った。

「私……この子のためなら何だってできる」

電話の向こうの彼は、静かに笑っただけで黙っていた。


その晩、あたしは、枕元に座って〈あたしのヒト〉の寝顔を見おろしていた。

彼女がうつぶせで寝ているのは、前みたいに、やり場のない涙をこらえるためじゃない。昼間あれだけ話した相手とまたしてもメッセージをやり取りしていて、途中で何かをもやもや迷っているうちに、すうっとうたた寝してしまったからだ。

仕事しなくていいのかしら、と老婆心ながら思った。毎日毎日、こんなに色ぼけしてて大丈夫なのかしら。パソコン画面にひろげた原稿用紙は、ここ数日、一行も埋まっていない。こんな調子で、マグロの缶詰はちゃんと買えるのかしら。

ただ、こうしてそばに座っているだけでも、あたしには感じ取れるのだった。彼女の身体じゅうの皮膚のすぐ下を、熱くて濃密な、およそ手に負えない感情が駆けめぐっているのが。きっと、もうしばらくしたら、彼女はその感情に名前をつけるだろう。彼女にとってはそれが、詞を書くということなのだから。

枕の横に投げだされた手は、眠っていてなお、あの薄べったくて四角な金属板を離さない。こんなものが電話の役目を果たしたり、パソコンやテレビやラジオやカメラの代わりになったりするのが信じられない。

彼女はよく、カシャカシャと写真をたくさん撮っては、当のあたしに見せてくれた。

「これなんかすごく可愛く撮れてるけど、それでも、生身のさくちゃんの魅力にはとうてい及ばないね」

なんて、わかりきったことを言いながら。

時には、あたしにシャッターを押させることもあった。猫が自分の前肢で画面を押すことで、いわゆる〈自撮り写真〉を撮れるようになっているんだそうだ。

だからあたしは、知っていた。黒い画面のどこをどうすれば、この板が息を吹き返すかってことを。それから、前のオスと暮らしていた頃は数字をいくつか打ちこまなければ駄目だったものが、あたしとふたり暮らしの今は、何の鍵《かぎ》もかかっていないってことも。

〈あたしのヒト〉の手の中にある四角い画面に、そろりと前肢を乗せる。黒い画面がたちまち明るくなって、いつもだったらまずあたしの写真が浮かびあがるところだけど、今はそこに書きかけのメッセージが表示される。眠りに落ちる直前までやり取りしていた画面だ。あたしはそれを覗きこんだ。

残念ながら、猫に人間の言葉は読めない。どれもこれも蟻《あり》の行列みたいにしか見えないから、何が書いてあるのかはさっぱりわからない。

でもまあ、彼女が、書くには書いたもののあれだけもじもじと迷っていたメッセージだ。とりあえず、送ってみたらどうかしらん。

いつも彼女が指先で押すあたりを、同じように、肉球で押してみる。ぽきん、と変な音がして、画面にフキダシがひとつ増えた。

「……え？」

耳慣れた音に目を覚ました彼女が、頭をもたげる。みっともなく垂れていたよだれを手の甲で拭《ぬぐ》いながら起きあがり、画面を見るなり、ぽかんと口を開けた。

「やだ、なに、うそ！　私ってば送っちゃったの？　なんで？」

あたしは素知らぬふりでベッドから飛び下り、いつものように寝室を出て部屋を横切り、サッシ窓の枠のところに飛び乗った。

と、着信のベルが鳴った。

あたしはふり返らなかった。わざわざふり返らなくても、窓ガラスには、あたふたと電話に出る彼女の姿が映っていた。

夜はまだ早い。そして都会の夜空は明るい。遠くに林立するビル群の間を、山吹色の芋虫みたいに電車が小さく細く横切っていく。対岸のビルの明かりは川面《かわも》にちらちらと映って、まるで星屑《ほしくず》が流れているみたいに見える。

やがて彼女は、四角な板を握りしめたまま、あたしのそばにやってきて言った。

「どうしよう、さくちゃん。彼、あと一時間くらいでここへ来るって」

どうしようもこうしようもない。まずは、この部屋の惨状を何とかしたらどうなの。

あたしは窓枠から飛び下り、そのへんに乱雑に積み重ねてある雑誌の山に頭をこすりつけて、どさどさと崩してやった。

「そ……そうね、そうよね、片付けないとね。……あ、お風呂《ふろ》も！」

いくつもの服の山を飛び越えるようにして、バスルームへ走ってゆく。

お風呂。脱ぎっぱなしの服より、流しの洗いものより先に、気になるのはお風呂の掃除ですか。どうやら彼女は今夜、このあたし以外と抱き合って眠るつもりらしい。

ため息がもれた。猫にも苦笑いができればいいのにと思った。

仕方がない。こういうことになると半ばわかっていて、彼女の背中を……もとい、スマホとやらの画面を押したのはあたし自身だ。

ふたたび、窓枠に飛び乗る。ここがいちばん、掃除の邪魔にならないだろう。

〈私……この子のためなら何だってできる〉

これは、あの言葉へのお返しだった。猫の道義として、あたしは同じだけのものを彼女に返さなくちゃいけない。あたしにもまた、〈あたしのヒト〉の面倒をみる義務と責任があるのだ。

立ちあがり、長々と伸びをしてから、窓ガラスに自分の姿を映してみる。

きらめくマスカット色の瞳《ひとみ》。霞《かすみ》がかった三色の毛並み。ぴんと張りつめた白いひげと、先までまっすぐな尻尾。悪くない。〈あたしのヒト〉に恥ずかしい思いをさせる心配はまったくないと言っていいだろう。

前にも話したと思うけど、猫にとっての神さまは、人間にとってのそれとは違う。おまけに今は、人間のぶんまでお願いしなくちゃならない。

あたしは、とりあえず川面にかがよう星屑に祈ってみる。

今度のオス、古くて新しくもあるそのヒトのオスが、あたしと〈あたしのヒト〉を、どうか丁寧に優しく扱ってくれますように。

ほどなく、チャイムの音が響いた。

彼女との、最初の一年

山内マリコ

山内マリコ（やまうち・まりこ）

一九八〇年、富山県生れ。二〇〇八年「16歳はセックスの齢」で女による女のためのR－18文学賞読者賞を受賞。一二年、初の単行本『ここは退屈迎えに来て』を刊行。ほかの著書に『アズミ・ハルコは行方不明』『さみしくなったら名前を呼んで』『パリ行ったことないの』『東京23話』『買い物とわたし』などがある。

あたしは猫。サビ猫。名前なんてないわ、だってノラだもん。

いつどこで生まれたかも知らなぁい。気がついたら親きょうだいともはぐれて、暗くてじめじめしたところにたどり着いてたの。

「うわっ、猫だ」

「変な猫」

え、それってあたしのこと？

見上げるとそこには半裸の男がいて、あたしのことをしかめっ面《つら》で見てる。

「なにこの変な猫、どっから入った？」

男はあたしの首根っこをひょいとつまむと、ドアの向こう側にぽいと捨てたの。

どうやらあたしは男子学生寮の、お風呂場《ふろば》に入り込んじゃってたらしい。共有スペースだからドアも開いてたし、外よりあったかかったから、ついね。

それにしても、どこもかしこもぼろぼろの建物だった。トイレは臭いし、壁なんてベニヤ板だし、住んでる男の子たちも冴《さ》えない感じでね。だけどその建物をうろうろするうちに、あたしのことを気にかけてごはんを出してくれる住人も現れた。ちゃんとお皿にドライフードを盛っておいてくれるの。それですっかり味をしめて、この男子寮に居着いちゃってたわけ。軒先や自転車置き場も悪くなかったけど、夜になるとみんなお風呂に入りだすでしょう。ぽかぽかした湯気につられて、しょっちゅうお風呂場に忍び込んでは暖をとってたの。居心地はまあまあ良かった。ま、見つかると追い出されちゃうけどね。

そんなある冬のはじめの、いつもどおり騒々しい夜のことだった。

「猫だ！」

あーあ、また見つかった。

見ると男子学生じゃなくて、ショートカットの女の子だった。彼女は空けっぱなしになった共用風呂のドアの外から、こちらをのぞきこんでた。

ふぅーん。こんなぼっろい男子寮に遊びに来る、もの好きな女の子もいるんだ。はいはい、出て行きますよってな具合に、あたしがするりと足元を抜け出ると、廊下には別の女の子が立ってた。髪が長くて、三本線の入ったジャージを穿《は》いて、コンビニ袋を提げてる。コンビニ袋！　中身はきっと食べものね！

「ニャーン」

あたしは鳴いたわ。

それから、ぐいぐいその子に迫っていったの。

なにか食べものちょうだい、食べものちょうだい！

「あ、お腹空《なかす》いてるのかな」

彼女はコンビニ袋の中から、ヨーグルトのカップを出して蓋《ふた》をあけて、床に置いた。

「猫ってヨーグルト食べるの？」

「まあ一応、牛乳だし」

二人はしゃがみ込んで、あたしがヨーグルトをぺろぺろ舐《な》めるところをじっと見てた。

あたしはヨーグルトをすっかり食べてみせると、

「ニャーン」

もっとなにか食べたぁ～いって言ったわ。

そしたらね、髪の長い方がいきなり、

「この子、連れて帰ろうかな」って言うのよ。

「まじで？」

友達の方はちょっとびっくりしてる。

あたしだって、まじで？　って思った。

だってこれまで誰も、そんなこと言わなかったんだもん。

あたしのことを部屋の中に入れてくれようとした人なんて、一人もいなかった。

ま、理由はわかる。あたしはサビ猫っていう、黒と赤茶色が独特のまだら模様になった柄で、お世辞にも人好きするタイプの猫じゃないから。人間っていうのはもっと、青い目をした白猫とか、お鼻がピンク色のハチワレ猫とか、茶トラとかブチ猫とか、そういうわかりやすいのが好きなんでしょ？　それどころか、アメショだのロシアンブルーだの、血統書付きのきれいな猫がお好みなんでしょ？

それにあたし、知ってんのよ。学生寮みたいなところで、犬とか猫を飼っていいわけがないものね。でもってこのあたりは、学生寮だらけなわけ。あたしが居着いてた男子寮みたいに超貧乏なところもあれば、オートロック付きのちゃんとしたマンションもあるらしいけど、いずれにしてもペット可な物件である望みは薄い。だからあたしはまだ生後数ヶ月にして、一生ノラでやっていく心づもりでいたんだけど、なんでだかその女の子は、大して悩みもせずに、まるでそれが運命だったみたいに直感ひとつで、あたしのことを飼うって宣言して、本当にうちまで連れて帰ったの。

　これがあたしと彼女の、長ぁーいつき合いのはじまりはじまり。


　タータンチェックのストールにくるまれ、彼女に抱きかかえられながら、夜中の道に出た。あたしはもぞもぞと顔を出して、世界ってやつを見たわ。古本屋さんの角を曲がると、道路にはときおり大きなトラックが轟音《ごうおん》を立てて走って行く。コンクリートの工場があって、そのせいか道は白っぽく埃《ほこり》が立ってて、幻想的でとっても素敵だった。小川が流れてた。橋が架かってた。星が見えた。そうしてあたしはそれまでいた自分のテリトリーが、とってもちっぽけだったことを知ったの。

　ひゅーんと冷たい風が吹く。

「寒っ！」

　彼女はあたしを抱いて、身をこごめながら家路を急いだ。

　友達のアキと二人、子猫を連れて帰るのに興奮して、「キャー」なんて言いながら、駆け足で橋を渡った。そしておうちに着いたの。

　そのマンションは、あの男子寮と違ってまあまあなところだった。新しかったし、トイレもお風呂もキッチンも、みんなちゃんとおうちの中にある。ドアを開けると、部屋の壁は白くて、長方形で、たくさんのものが溢《あふ》れてるんだけど、同時にどことなくがらーんとしていた。あたしはその部屋を見て思ったわ。あ、これはこの子、さびしかったのねって。ちょっと広々してて真新しくて、でもってなんだか独房みたいな部屋に一人で暮らすのに、もううんざりしてたんだわって。

鉄製のシェルフには、ブラウン管テレビとビデオデッキとONKYOのコンポ。その上には海洋堂の食玩《しょくがん》やパワーパフガールズのフィギュアがごちゃごちゃ並んでる。シングルベッドが一つ、ソファが一つ、机と椅子《いす》とアップル社のデスクトップ型パソコン。ラグの上には、四角いクリーム色のテーブル。あとは部屋中に本とCDとビデオテープがごちゃごちゃに積み上げられてた。それだけたくさんのものがあっても、この子はさびしかったってわけね。

ふぅーん、ここがあたしの棲《す》み家か。

あたしはクンクン匂《にお》いを嗅《か》ぎながら、部屋中をチェックして回った。

悪くない。うん、悪くはないわ。ていうか、あの男子寮に比べたら天国だった。でも、あたしは間違っても、泣きながら「ありがとうございますだありがとうございますだこの御恩は一生忘れません〜」なんてへーこら手を合わせたり、擦り寄ったりしない。そんなの卑屈じゃない。猫のやることじゃないわ。

「フン、まあまあね。アリガト」って程度に、

「ニャーン」

と鳴いておいた。

お礼なんてこれで充分。

ついでにぐりっとほっぺたや頭をこすりつけて、彼女にマーキングしておいたわ。

翌日、彼女はすぐに、あたし専用のトイレを用意してくれた。マンションのとなりがホームセンターだったから、あたしのために必要なものはなんでも、そこで手に入れることができたってわけ。それからあたしはリュックに押し込められて、連れ出された。小川の堤防をとことこ歩き出すから、なによもう捨てる気？ってムカついて思いっきり暴れたら、着いたのは動物病院だった。だから、もっと暴れたくなったわ。

でも、あたしは彼女の両手のひらに乗るくらいチビだから、抵抗したって無駄だった。観念していろんな検査を受けて、ワクチンも打たれた。ノミ取り用の薬も垂らされた。これでピカピカに清潔な〝飼い猫〟の一丁あがり。

こうしてあたしはノラ猫を卒業したの。

◎

あたしの飼い主はすっごく夜更《ふ》かしだから、朝はなかなか目を覚まさない。寝ているお腹の上を踏み踏みしたって効果なし。「ニャーン」お腹空いたぁ〜って何度も叫んでアピールするんだけど、さっぱり起きない。彼女が目を覚ますより先に、こっちの声がかれちゃうわ。それに起きたところで、彼女は二時間も三時間もぼうっとしてるの。映画のビデオを見ながら悠長にお化粧したり。パンをかじって、コーヒーにたっぷりのお砂糖とミルクを入れ、キッチンの換気扇の下に座り込んで何本も何本もタバコを吸いながら、本のつづきを読んだりケータイをいじったりしてんのよ。

大学生なんですって。しかも彼女が通っているのは、ゴロツキまがいの学生ばかりと悪名高い芸大だった。芸大生なんてみんな、反社会的で反衛生的。そりゃあ、十八歳かそこらで芸術なんてものを志そうっていうんだから、身のほど知らずのクズばっかよ。この界隈《かいわい》にろくな人間がいないのも、なるほど納得だった。

あたしの飼い主もまあ、そのクチだったわね。専攻は映画。でも、日がな一日本を読んだり、映画のビデオを観《み》たり、のん気に音楽を聴いたりして過ごしているの。本人は高尚なつもりなんでしょうけど、あたしに言わせればそんなのはぜんぶ暇つぶしね。この部屋には若さと怠惰が充満して、完全に発酵しちゃってた。

不意打ちでドアチャイムが爆音で鳴り、あたしの全身はビクゥーッと総毛立つ。なに!?　チョットなんなの！　タタタタッと物陰に隠れて玄関の様子をうかがうと、現れたのはアキだった。アキはとなりのアパートに住んでるんだけど、ほとんどここに暮らしてる勢いで入り浸ってる。

「ねえ、プッカしない？」

「いいね〜しよしよ」

二人はそう言うとキッチンの床に座り込んでタバコを吸いはじめた。〝プッカ〟っていうのは、タバコを吸うって意味の、二人だけが使ってる隠語なの。プッカプッカァ〜って気持よく煙を吐き出すイメージね。この二人は本当に、いっつもタバコ吸いながら、ずぅーっとおしゃべりしてる。

「まったくどうすればアリシア・シルヴァーストーンとリヴ・タイラーが出てるエアロスミスのミュージックビデオを見られるの？」

「スペースシャワーに入る」

「そんなのどうやって契約するのか見当もつかないわ」

「じゃあエアロスミスのＰＶ集を買う」

「いらねぇ〜」

「じゃあスペースシャワーに入ってる奴《やつ》と友達になって部屋に入り浸らせてもらう」

「ああ、その手があったか」

あたしはドア一枚隔てた部屋の、ソファによじ登って背もたれの上にちょこんと座り、二人の会話を聞くともなしに聞いてた。ドアにはすりガラスがはめこまれてて、向こうの様子がちらちら見えるの。向こう側は細長い廊下になってて、右側にキッチン、洗面所、洗濯機置き場、それから物置収納が並んで、その先に玄関があった。左側にはお風呂とトイレね。二人は全然戻ってこない。ねえ、なにしてるの？　ドアを爪《つめ》でしつこくカリカリやったら、やっと開けてくれた。

ジャーン！　あたしのご登場〜！

しゃなりしゃなり歩いて見せると、

「あっ、来ちゃったぁ〜」

「ダメじゃん、せっかく煙から守ろうとしてるのに」

二人はちょっと迷惑そうな顔で、換気扇に向かってパタパタ煙を扇いだ。

彼女たちはちょっとあたしをかまったら、すぐまたいつもの話に戻る。いつもの話っていうのはつまり、『クルーレス』がいかに最高の学園映画であるかとか、小沢健二の不在をどう捉《とら》えればいいのだろうとか、自分たちに宮崎駿《はやお》が与えた影響の大きさとか、そういうしょーもない話を超真剣にするの。どうかと思うわ。まあ、それもこれもぜんぶ、暇のせいでしょう。

暇っていうのは、あんまり度が過ぎると毒になるもので、彼女はもうその毒に三年間、あごまでどっぷり冒されてるみたいだった。目に生気はなく、気力もなく、一日の予定もない。学校に行きなさいよって思うんだけど、行かない。ときどきは行くけど、すぐ帰って来ちゃうの。もう三年生だから、あんまり授業もないみたいだった。あえて言う必要もないけど、就職活動する気もゼロ。

それで暇に任せてマンションの部屋にこもり、本ビデオCD、本ビデオCDの無限ループをくり返してるの。この先どうしよう、どうすればいいんだろうっていう不安から逃避してるのはバレバレだった。だって、あと一年で卒業しちゃったら、ここから出て行かなくちゃいけないんだから。でも、どうすることもできなくて、泥沼化した暇に埋没してるってわけ。

まあ、暇っていうのは愚かな人間には毒なのよ。バカは暇に耐えられないの。その点、あたしって猫だから、暇と上手につき合える高等な生き物なのよね。たっぷり眠って、窓の外でも眺めながら心地よくぼうっとして、お腹が空けば飼い主に催促して、気に入ったごはんが出るまで威圧的に鳴き続けゲホッ……！　ゴホォッ……オッオッオッ……オエエエエ――――。

「ギャー吐いたぁ！」

「吐いたぁ！」

二人は慌《あわ》てふためいてパニック状態になった。

待って待って、大丈夫なの。猫っていうのはときどき毛玉を吐くものだからァゴヴォッ！　オエエエエ――。

「イヤァ――また吐いた！」

「死んじゃう！！！」

「胸焼けかなぁ」

「さ、サラダ食べさせよう！」

「えっ!?」

「草！　草食べさせよう！」

二人はうちから飛び出すと、しばらくして雑草を手に戻ってきた。

「ほら、お食べ」

あたしは久しぶりにメヒシバの葉にありつけて、夢中でシャクシャクむさぼった。

「すごい必死な顔して食べてる」

あーイネ科の葉っぱだけが持つこの食感、とっても最高だわ。

あたしは四、五枚の葉っぱを立て続けに食べて、それからもう一度盛大にもどした。

「ギャーッ！」

二人は半狂乱であたしが吐いた毛玉を片付けてた。悪いわね。でもあたしは、とってもスッキリ。

◎

クリスマスのころには大学の授業も終わって、あたしは飼い主に連れられ、彼女の〝実家〟って場所に帰ることになった。そこへ行くには、とにかく大変な道のりなんですって。おうちから、まずはバス停まで行くでしょう。バスに乗って十五分、電車に乗り換えて三十分、また別の電車に乗って三十分。そこから特急電車に乗って三時間半。それでようやく〝地元〟に到着。もう、気が遠くなりそうだった。

なにしろあたしは乗り物に乗るのがはじめてだから、用意されたケージでじっとしていられるかもわからない。おもらししちゃうかもしれないし、吐いちゃうかもしれない。一歩間違えたら、ケージから逃げて戻れなくなることだってありうる。このときの飼い主のナーバスぶりたるや、ちょっと気の毒なくらいだったわ。彼女はたった一人で、乳飲み子みたいなあたしを抱えて、そんな長旅をしなきゃいけないわけだから。それにほかにも問題はあった。実家にいる〝家族〟っていう人たちに、あたしの存在をカミングアウトして、連れて来てもいいって許可をもらわなくちゃいけないの。

「あ〜もしもしお母さん？　ああ、はいはい、久しぶり。うん元気。あのね、実はさぁ、ちょっとお願いがあって。猫をね、拾っちゃったんだけど……え？　電波悪くて聞こえない？　えーっとぉ、ね・こ・を・拾っ・た」

彼女はケータイのアンテナを伸ばしてブンブン振った。

「どう？　聞こえる？　あのね、でね、猫を拾っちゃったの。うん、そう。え？　マンションは猫飼っていいのかって？　いや、いいわけがないんだけど……でね、とりあえず今年の冬休みに、猫を連れて帰りたいの。いい？　いやー、そこをなんとか。え？　本当？　いいの？　ありがとうございますだありがとうございますだぁ〜。この御恩は一生忘れません〜」

やだ、あたしの飼い主ったら、ケータイに向かってぺこぺこ頭下げてる。んまあ、なんて卑屈な態度。ダッサぁーい。

そして年末。あたしは狭苦しいケージに入れられても、とってもお行儀よくしてたわ。駅の構内で、電車の中で、行く先々でいろんな人に話しかけられて、「いい子ねー」って褒められるもんだから、気分だって悪くなかった。そりゃあ、まだ二十歳そこその若い娘が、帰省で大荷物な上に重たそうにケージを抱えて歩いてるんだから、いかにもけなげな感じなんでしょ。

「ワンちゃん？　それとも猫ちゃんが入ってるの？」

「猫です」

「あらぁ〜、変わった柄だこと」

知らないおばちゃんの目がぎょろりとこちらを覗《のぞ》き込む。

あたしはシャーッてやってやりたい衝動をぐっと我慢して、微動だにしなかったわ。

「んまぁ〜おとなしいいい子ねぇ〜」

フフ、まあね。飼い主に恥をかかせるわけにはいかないからね。不作法な人間の子供とは格が違うのよ。

でもね、実際あたしは本当におりこうだった。バスでも電車でも、一言も発さずにじっとしてたし、もちろんなんの粗相もしなかった。正直に告白すると、あたしだって飼い主と同じくらい、すごく緊張してたのよ。密《ひそ》かに肉球に、びっしり汗をかいてたってわけ。

気の遠くなるような移動の果てにたどり着いた実家って場所は、いくつも部屋があって、一つの街かと思うくらい広いところだった。あんまり広いもんだから、ケージから放たれてもどっちに行ったらいいかわからなくて、挙動不審になっちゃった。飼い主が可笑《おか》しそうにしてたわ。もう、こっちはあちこち偵察しなきゃいけないスポットが多すぎて、気が気でないのに。猫のこと笑うなんてほんといい気なもんね。リビングルームでしょ、ダイニングセットの椅子でしょ、革のソファでしょ、じゅうたんの匂いでしょ。それから縁側と和室も。あたしは畳っていうものの匂いや感触をしげしげと堪能《たんのう》する。それから階段を一段一段確かめるようにのぼって、飼い主が寝起きしていた部屋にたどり着くと、あたしはそれを見つけた。

そこに置かれていたのは、あたし専用のソファだった。青地にクマちゃんがいっぱいプリントされた、ちょっと安物って感じの、全然イケてないソファ。

「わ、こんなの買っといてくれてたんだ。ありがとー」

飼い主は、そのサプライズにぱぁっと顔を輝かせた。一方ママさんは、にこにこ人のよさそうな笑みを浮かべてあたしのことを見てる。

それは歓迎の証《あかし》だった。

飼い主の家族ってば、みんなあたしのことを大歓迎してたのよ！

◎

年が明けて、春が来て、あたしはなんだか気もそぞろ。ニャーンニャーン。不思議だわ、自分が自分でなくなっちゃったみたい。ニャーンニャーン。いつもは冷静沈着で理知的で最高なこのあたしが、おかしいわね。ニャーンニャーン。おしりをツンと突き出して、ふりふり、ふりふり。ニャーンニャーン。

「あのさぁ、これって……」

相変わらず入り浸ってるアキが、あたしの様子を見てこう言ったの。

「もしかして発情期なんじゃない？」

チョットなによそれ、バカにしないでよ。

あたしはねえ、年中発情してるくだらない大学生なんかとはワケが違うんだから。ニャーンニャーン。発情だなんてなにさ。ビッチみたいに言わないでちょうだい。ニャーンニャーン。ああでも止まらない。ニャーンニャーン。

「ずーっとこの調子で鳴いてるの。なんかもう気が狂いそう……」

飼い主もすっかり音を上げてるわ。ニャーンニャーン。あたしだって好きでこんなに鳴いてるんじゃないのに。ニャーンニャーン。ああもう誰か止めて。ニャーンニャーン。ニャーンニャーン。

「これはもう、抱いてやった方がいいんじゃゃ」

「……抱いてやるって？」

「セックスだよ！　セックスしてあげないと可哀想《かわいそう》！」

「そうだね……。でもどうやって猫とセックスすんの？」

なんでもいいから早く！　ニャーンニャーン。

「さぁ……。軽く手で……」

「いや、愛撫《あいぶ》じゃ物足りないでしょう。あのおしりの角度見てよ。明らかに求めてるじゃん。アレを」

「アレを……」

「猫用のバイブ、ＰＥＰＰＹに売ってるかなぁ」

と言いながら、ペット用品通販ＰＥＰＰＹのカタログを開く飼い主。ああもう、そんな気の利《き》いたもの、人間が作ってるわけなぁーい！　ニャーンニャーン。

飼い主とアキはあたしのおしりをじぃーっと見つめて、ある結論に達した。

「綿棒だね」

「あたしもそう思う」

なんでもいいから早く！　ニャーンニャーン。

飼い主は綿棒に数滴の水を含ませると、あたしのおしりをチュンチュンって突っついた。

ニャーンニャーン。とってもイイ感じ！　続けて！　ニャーンニャーン。

「あ、イイって。いまのイイって」

飼い主はさらに、奥深くまで綿棒をチュンチュン動かす。

ニャーンニャーン……ニャーンニャーン……ガルルルルルッッッ！

「ひぃっ！　イッた！」

「いまイッた！」

あたしは猛然と体をくねらせ、ぺろぺろ、ぺろぺろ、隅々まで体を舐めた。

「あ、うちらに触られて汚れた毛を浄化してる」

「ハァ……。どうやら終わったみたい……」

二人は精根尽き果てたように、げっそりした顔であたしのこと見てた。

フン。世話になったわね。ぺろぺろ、ぺろぺろ。あたしの内なる野性を見せつけられて、呆然《ぼうぜん》とする二人。あたしは彼女たちに向かって、大あくびをかましてやったわ。

◎

六月、世の中は日韓ワールドカップ一色。ベッカム人気に背を向けて、彼女たちはトッティとデルピエロに夢中。一生懸命イタリア代表を応援してた。九月、二人が大好きだったアイドルが、グループを卒業して涙に暮れる。そしていよいよ卒論ってものを書く季節がやって来た。飼い主は、フランスの映画監督トリュフォーって人の自伝的な作品をテーマに選んだんですって。

彼女は黙々と映画を観た。『大人は判《わか》ってくれない』、『アントワーヌとコレット／二十歳の恋』、『夜霧の恋人たち』、『家庭』、『逃げ去る恋』。それから黙々と本を読んだ。『トリュフォー、ある映画的人生』、『トリュフォーによるトリュフォー』、そして『友よ映画よ、わがヌーヴェル・ヴァーグ誌』。この本の最後に、あるミュージシャンの解説が載っていたの。

――表現すること以外に世界とコミュニケイトする方法が見つからずにいる――若

くて絶望した人たちに。

そのタイトルを読んだとき、彼女はなにかに気づいたみたいに、はっとした顔になった。彼女の胸は、どきどきしてた。

それはほかでもなく、彼女自身のことを言い当てた言葉だった。

彼女は自分を〝発見〟した。「表現すること以外に世界とコミュニケイトする方法が見つからずにいる――若くて絶望した人」、それが彼女だった。それが、若くして芸術なんてものを志そうっていう、身のほど知らずのクズの正体だったってわけ。

その短い文章にはさらに、こう書いてあった。

――まだ何をやりたいのか見つけられなかった、というのは嘘《うそ》で、音楽を作る、レコードを作ることを仕事にしたい、と心の奥底で想《おも》っていたのにもかかわらず、はっきり口に出すことが出来ずにいた。

彼女もまた、そうだった。

あたしはなにがしたいの？　なにをすればいいの？　そう自問自答しながら、実のところ、ちゃんとわかっていたの。でも、作りたいのは音楽じゃない。映画でもなかった。本当はずっと前から、彼女は自分の望みを知っていた。でも、恥ずかしくて、そのことを誰にも言えなかった。あんなに仲がよくて、なんでも話してたアキにもね。

そりゃああたしは、飼い主とのつき合いはアキより短いけど、なにしろ一緒に住んでるんだから、ピンとくるってなもんよ。彼女はよく一人で本を読みながら、素敵な文章に出会ったら熱心にアンダーラインを引いて、その言葉を宝物みたいにノートに書き写したりしてた。でも、人の言葉を写すだけじゃどうにも満足できないみたいだった。自分もなにか物語を、吐き出したそうにしてた。でもそれができなくて、いつも鬱々《うつうつ》としてるの。試してみるんだけど、うまく形にできなくて、イライラして、結局放り出してた。自分に怒ってるみたいだった。そういうどうしようもない夜を、あたしは彼女ともう何度も過ごしていた。

それにね、アキと飼い主は、巧妙に先の話を避けてもいたから。卒業したらこの部屋を出て行かなくちゃいけない。住む場所を探さなきゃいけない。探すものはたくさんあるわ。仕事も、恋人も。新しく人生をはじめなきゃいけない。そう、彼女たちの人生は、厳密にはまだはじまってなかった。でも、もう終わっちゃったみたいな気持ちで、ぐずぐずしてた。はじめるのが、怖かったのね、きっと。だから二人はそのことを話せずに、代わりにくっだらないことばっかしゃべってたってわけ。

卒論を書き上げてしまうと、めでたく卒業。いよいよもうなにもすることがなくなって、この部屋を出ていくしかなくなってしまった。で、実際、彼女はこの部屋を出たわ。もちろんあたしを連れて。

　引っ越しはめちゃくちゃだった。なにしろ四年も引きこもってた部屋が、一瞬で解体されるわけだから。朝の八時にやって来た二人組の引っ越し屋さんは、ドアを開けるなり軽く絶望してた。暇と若さの堆積物《たいせき》がぎっしり詰まった、長方形の小宇宙。飼い主とアキと、あたしだけの王国。まだろくに梱包《こんぽう》もできてないぐちゃぐちゃの部屋を見て、引っ越し屋さんはため息をつきながら、作業にとりかかった。

「あ、猫がいる。猫いますよ」

「それケージかなにかに入れといてくださいね」

「あ、はい。すいません……」

　自分の部屋なのに、飼い主は肩身狭そうにぺこぺこしてた。

　あたしは内心、すっごく憤慨。あたしのことを丁重に扱わないなんて許せない。でも、まあ仕方ないわ。あたしはぐっとこらえて黙ってた。なぜって、小さな世界で気ままにしてたあたしの飼い主が、外の世界の大人と接触して居心地悪そうにしてるのが、なんだか可哀想だったから。あたしたちは、自分たちの王国がたったいま滅亡していくのを、なすすべもなく見てた。

あともうちょっとで引っ越しもおしまいってときになって、いきなり知らないおばさんがズカズカあがりこんできて、こう言った。

「これ何時くらいに終わるん？　午後からクリーニングの業者入れたいよってに、十二時までには終わらせてほしいねんけど」

「あっ、大家さん！　は、はい、十二時までには終わらせます。すいません……」

あたしが入っているケージを、飼い主がパッと布をかぶせて隠す。

ものすごい緊張感だった。

ここであたしが「ニャー」と鳴いたら、一巻の終わりだった。あたしは鳴かなかった。事情を察して、ちゃんと黙ってたわよ。仕方ないじゃない。そう、仕方ないの。あまりにも無力な飼い主を、これ以上困らせるわけにいかないじゃない。

大家さんはぎろりと部屋を睨《ね》め回し、

「あーこんなとこにポスター貼《は》ってたん？　画鋲《がびょう》の穴空いとるわ」とか、『壁紙ずいぶん汚れたなぁ」とか、いやみったらしくあちこちチェックしてた。

「鍵《かぎ》、いま返してくれる？」

「あ、あ、あ、はい。これ、どうぞ。お世話になりました……」

「合鍵とか作ってへんか？」

「作ってないです」

フンと鼻を鳴らして、大家は去って行った。

あっという間に部屋は空っぽになっちゃった。それはもう、すんすんと心細くなるような、がらんどうの部屋だった。カーテンが外された部屋の窓からは、外の景色がよく見えた。山の中腹に、四角いコンクリートの塊が建ってた。あれが飼い主の通ってた大学だった。うんざりするほど眺めたお馴染《なじ》みのその景色が、今日はばかによそよそしくて、いやになっちゃうわ。

引っ越し屋さんのトラックが出てしまうと、あたしたち二人も出発した。

外に出ると、あたしはケージの中からアキが住んでたっていうアパートの部屋を見た。アキはもうその部屋にいなかった。数日前にそこを引き払ったあとだった。

「あーあ。アキに、ちゃんとサヨナラも言えなかった」

飼い主はそうつぶやいた。

いまにも泣きそうな顔して。

「サヨナラも言えずにバラバラになっちゃうの、アキは許してくれるかな」

大丈夫、許してくれるわよ。

だって、仕方なかったんだもの。ほんと、仕方ないのよ。アキは実家に帰るって決めてた。帰りたくないけど、仕方ないって。ほかにあたしたちになにができた？　なにも。なにもできやしなかった。〝現実〟ってものが、ぱっくり口を開けて、みんなを飲み込もうとしてた。

反社会的で反衛生的な芸大生たちは、卒業してこれから、どうなっちゃうんだろう。彼らはみんな、とっても自由で楽しい子たちだったけど、先のことを考える力なんてなかった。ほとんどの子がろくに身の振り方も決まってないまま、追い出されるみたいにして街を去ってた。

ああ、飼い主はあたしを抱えて、どこに行くつもりなんだろう。あたしはこれからどうなるの？　あたしたちは、これからどうやって生きていくんだろう。

あたしはケージの窓から、外の世界を見た。三月は、どんよりとした灰色。橋を渡って、コンクリート工場を通り過ぎ、古本屋さんの角を曲がると、あたしが昔棲んでたあの男子寮が見えた。あたしの最初の棲み家だ。

バイバイ、みんなバイバイ。

お風呂場で凍えてるあたしに、ごはんを出してくれたあの男の子は元気かなぁ。あたし彼に、伝えたいことがあるんだ。

あのね、あたしにはね、名前があるのよ。名前をつけてもらったの。あたしの名前はチチモ。変な名前でしょ。あたしの飼い主は、こんなおかしな名前を猫につけちゃうくらい、とっても変てこで頼りない女の子なんだけど、欲を言っても仕方ないわ。この先ずっと、彼女と一緒に暮らすつもり。

それからバスに乗って、あたしたちはその街を出た。

行き先は、わからない。

初出一覧

「いつか、猫になった日」「小説新潮」二〇一六年八月号
「妾は、猫で御座います」「小説新潮」二〇一六年八月号
「ココアとスミレ」「小説新潮」二〇一六年八月号
「吾輩は猫であるけれど」「小説新潮」二〇一六年九月号
「惻隠」「小説新潮」二〇一六年九月号
「飛梅」「小説新潮」二〇一六年九月号
「猫の神さま」「小説新潮」二〇一六年九月号
「彼女との、最初の一年」「小説新潮」二〇一六年九月号

赤川次郎著 **ふたり**

交通事故で死んだはずの姉の声が、突然、頭の中に聞こえてきた時から、千津子と実加、二人の姉妹の奇妙な共同生活が始まった……。

赤川次郎著 **7番街の殺人**

19歳の彩乃は、母の病と父の出奔で一家の大黒柱に。女優の付人を始めるがロケ地は祖母が殺された団地だった。傑作青春ミステリー。

石田衣良著 **水を抱く**

医療機器メーカーの営業マン・俊也はネットで知り合った女性・ナギに翻弄され、危険で淫らな行為に耽るが――。極上の恋愛小説！

荻原浩著 **月の上の観覧車**

閉園後の遊園地、観覧車の中で過去と向き合う男――彼が目にした一瞬の奇跡とは。過去／現在を自在に操る魔術師が贈る極上の八篇。

恩田陸著 **私と踊って**

孤独だけど、独りじゃないわ――稀代の舞踏家をモチーフにした表題作ほかミステリ、ＳＦ、ホラーなど味わい異なる珠玉の十九編。

原田マハ著 **楽園のカンヴァス**
山本周五郎賞受賞

ルソーの名画に酷似した一枚の絵。秘められた真実の究明に、二人の男女が挑む！ 興奮と感動のアートミステリ。

新潮文庫編　**文豪ナビ　夏目漱石**

先生ったら、超弩級のロマンティストだったのね――現代の感性で文豪の作品に新たな光を当てる、驚きと発見に満ちた新シリーズ。

夏目漱石著　**吾輩は猫である**

明治の俗物紳士たちの語る珍談・奇譚、小事件の数かずを、迷いこんで飼われている猫の眼から風刺的に描いた漱石最初の長編小説。

夏目漱石著　**倫敦塔《ロンドンとう》・幻影《まぼろし》の盾《たて》**

謎に満ちた塔の歴史に取材し、妖しい幻想を繰りひろげる「倫敦塔」、英国留学中の紀行文「カーライル博物館」など、初期の7編を収録。

夏目漱石著　**坊っちゃん**

四国の中学に数学教師として赴任した直情径行の青年が巻きおこす珍騒動。ユーモアと人情の機微にあふれ、広範な愛読者をもつ傑作。

夏目漱石著　**三四郎**

熊本から東京の大学に入学した三四郎は、心を寄せる都会育ちの女性美禰子の態度に翻弄されてしまう。青春の不安や戸惑いを描く。

夏目漱石著　**それから**

定職も持たず思索の毎日を送る代助と友人の妻との不倫の愛。激変する運命の中で自己を凝視し、愛の真実を貫く知識人の苦悩を描く。

夏目漱石著
門

親友を裏切り、彼の妻であった御米と結ばれた宗助は、その罪意識に苦しみ宗教の門を叩くが……。「三四郎」「それから」に続く三部作。

夏目漱石著
草枕

智に働けば角が立つ――思索にかられつつ山路を登りつめた青年画家の前に現われる謎の美女。絢爛たる文章で綴る漱石初期の名作。

夏目漱石著
虞《ぐ》美《び》人《じん》草《そう》

我執と虚栄に心おごる美女が、ついに一切を失って破局に向う悽愴な姿を描き、偽りの生き方が生む人間の堕落と悲劇を追う問題作。

夏目漱石著
彼岸過迄

自意識が強く内向的な須永と、感情のままに行動して悪びれない従妹との恋愛を中心に、エゴイズムに苦悩する近代知識人の姿を描く。

夏目漱石著
行人

余りに理知的であるが故に周囲と齟齬をきたす主人公の一郎。孤独に苦しみながらも、我を棄てることができない男に救いはあるか？

夏目漱石著
こころ

親友を裏切って恋人を得たが、親友が自殺したために罪悪感に苦しみ、みずからも死を選ぶ、孤独な明治の知識人の内面を抉る秀作。

夏目漱石著
道草

健三は、愛に飢えていながら率直に表現できず、妻のお住は、そんな夫を理解できない。近代知識人の矛盾にみちた生活と苦悩を描く。

夏目漱石著
硝子戸の中

漱石山房から眺めた外界の様子は？　終日書斎の硝子戸の中に坐し、頭の動くまま気分の変るままに、静かに人生と社会を語る随想集。

夏目漱石著
二百十日・野分

俗な世相を痛烈に批判し、非人情の世界から人情の世界への転機を示す「二百十日」、その思想をさらに深く発展させた「野分」を収録。

夏目漱石著
坑夫

恋愛事件のために出奔し、自棄になって坑夫になる決心をした青年が実際に銅山で見たものは……漱石文学のルポルタージュ的異色作。

夏目漱石著
文鳥・夢十夜

文鳥の死に、著者の孤独な心象をにじませた名作「文鳥」、夢に現われた無意識の世界を綴り、暗く無気味な雰囲気の漂う、「夢十夜」等。

夏目漱石著
明暗

妻と平凡な生活を送る津田は、かつて将来を誓い合った人妻清子を追って、温泉場を訪れた──。近代小説を代表する漱石未完の絶筆。

阿川佐和子・角田光代
沢村凜・柴田よしき
谷村志穂・乃南アサ 著
松尾由美・三浦しをん

最後の恋
—つまり、自分史上最高の恋。—

8人の女性作家が繰り広げる「最後の恋」をテーマにした競演。経験してきたすべての恋を肯定したくなるような珠玉のアンソロジー。

朝井リョウ・伊坂幸太郎
石田衣良・荻原浩
越谷オサム・白石一文 著
橋本紡

最後の恋 MEN'S
—つまり、自分史上最高の恋。—

ベストセラー『最後の恋』に男性作家だけのスペシャル版が登場！ 女には解らない、ゆえに愛すべき男心を描く、究極のアンソロジー。

朝井リョウ・あさのあつこ
伊坂幸太郎・恩田陸 著
白河三兎・三浦しをん

X'mas Stories
—一年でいちばん奇跡が起きる日—

これぞ、自分史上最高の12月24日。大人気作家6名が腕を競って描いた奇跡とは。真冬の新定番、煌めくクリスマス・アンソロジー！

似鳥鶏
友井羊
彩瀬まる 著
芦沢央
島田荘司

鍵のかかった部屋
—5つの密室—

密室がある。糸を使って外から鍵を閉めたのだ——。同じトリックを主題に生まれた5種5様のミステリ！ 豪華競作アンソロジー。

朝井リョウ著

何者
直木賞受賞

就活対策のため、拓人は同居人の光太郎や留学帰りの瑞月らと集まるようになるが——。戦後最年少の直木賞受賞作、遂に文庫化！

朝井リョウ著

何様

生きるとは、何者かになったつもりの自分に裏切られ続けることだ——。『何者』に潜む謎が明かされる、発見と考察に満ちた六編。

篠田節子著
蒼猫のいる家
働く女性の孤独が際立つ表題作の他、究極の快感をもたらす生物を描く「ヒーラー」など、濃厚で圧倒的な世界がひろがる短篇集。

重松 清著
ポニーテール
親の再婚で姉妹になった四年生のフミと六年生のマキ。そして二人を見守る父と母。家族のはじまりの日々を見つめる優しい物語。

川上弘美著
猫を拾いに
恋人の弟との秘密の時間、こころを色で知る男、誕生会に集うけものと地球外生物……。恋する瞳がひきよせる不思議な世界21話。

畠中 恵著
ねこのばば
あの一太郎が、お代わりだって?! 福の神のお陰か、それとも…。病弱若だんなと妖怪たちの「しゃばけ」シリーズ第三弾、全五篇。

畠中 恵著
たぶんねこ
大店の跡取り息子たちと、仕事の稼ぎを競うことになった若だんなだが……。一太郎と妖たちの成長がまぶしいシリーズ第12弾。

森下典子著
猫といっしょにいるだけで
五十代、独身、母と二人暮らし。生き物は飼わないと決めていた母娘に、突然彼らは舞い降りた。やがて始まる、笑って泣ける猫日和。

青柳碧人著
猫河原家の人びと
—一家全員、名探偵—

謎と事件をこよなく愛するヘンな家族たち。私だけは普通の女子大生でいたいのに……。変人一家のユニークミステリー、ここに誕生。

浅田次郎著
赤　猫　異　聞

三人共に戻れば無罪、一人でも逃げれば全員死罪の条件で、火の手の迫る牢屋敷から解き放ちとなった訳ありの重罪人。傑作時代長編。

日高敏隆著
ネコはどうして わがままか

生き物たちの動きは、不思議に満ちています。さて、イヌは忠実なのにネコはわがままなのはなぜ？　ネコにはネコの事情があるのです。

宇江佐真理著
深川にゃんにゃん横丁

長屋が並ぶ、お江戸深川にゃんにゃん横丁で繰り広げられる出会いと別れ。下町の人情と愛らしい猫が魅力の心温まる時代小説。

河合隼雄著
猫　だ　ま　し　い

心の専門家カワイ先生は実は猫が大好き。古今東西の猫本の中から、オススメにゃんこを選んで、お話しいただきました。

P・ギャリコ
古沢安二郎訳
ジ　ェ　ニ　ィ

まっ白な猫に変身したピーター少年は、やさしい雌猫ジェニィとめぐり会った……二匹の猫が肩寄せ合って恋と冒険の旅に出発する。

谷崎潤一郎著
猫と庄造と二人のおんな
一匹の猫を溺愛する一人の男と、二人の若い女がくりひろげる痴態を通して、猫のために破滅していく人間の姿を諷刺をこめて描く。

村上春樹著
村上朝日堂ジャーナル
うずまき猫のみつけかた
マラソンで足腰を鍛え、「猫が喜ぶビデオ」の効果に驚き、車が盗まれ四苦八苦。水丸画伯と陽子夫人の絵と写真満載のアメリカ滞在記。

ポー
巽孝之訳
黒猫・アッシャー家の崩壊
—ポー短編集Ⅰ　ゴシック編—
昏き魂の静かな叫びを思わせる、ゴシック色、ホラー色の強い名編中の名編を清新な新訳で。表題作の他に「ライジーア」など全六編。

C・ペロー
村松潔訳
眠れる森の美女
—シャルル・ペロー童話集—
赤頭巾ちゃん、長靴をはいた猫から親指小僧、シンデレラまで！　美しい活字と挿絵で甦ったペローの名作童話の世界へようこそ。

町田康著
夫婦茶碗
あまりにも過激な堕落の美学に大反響を呼んだ表題作、元パンクロッカーの大逃避行「人間の屑」。日本文藝最強の堕天使の傑作二編！

湯本香樹実著
春のオルガン
いったい私はどんな大人になるんだろう？　小学校卒業式後の春休み、子供から大人へとゆれ動く12歳の気持ちを描いた傑作少女小説。

村上春樹文
大橋歩画
村上ラヂオ
いつもオーバーの中に子犬を抱いているような、ほのぼのとした毎日をすごしたいあなたに贈る、ちょっと変わった50のエッセイ。

村上春樹
安西水丸著
村上朝日堂の逆襲
交通ストと床屋と教訓的な話が好きで、高いところと猫のいない生活とスーツが苦手。御存じのコンビが読者に贈る素敵なエッセイ。

村上春樹著
村上さんのところ
世界中から怒濤の質問3万7465通！ 1億PVの超人気サイトの名回答・珍問答を厳選して収録。フジモトマサルのイラスト付。

池波正太郎著
日曜日の万年筆
時代小説の名作を生み続けた著者が、さりげない話題の中に自己を語り、人の世を語る。手練の切れ味をみせる〃とっておきの51話〃。

渡辺都著
お茶の味
—京都寺町 一保堂茶舗—
旬の食材、四季の草花、季節ごとのお祭りやお祝い。京都の老舗茶商「一保堂」女将が綴る、お茶とともにある暮らしのエッセイ。

アーサー・ビナード著
日々の非常口
「ほかほか」はどう英訳する？ 言葉、文化の違いの面白さから、社会、政治問題まで。日本語で詩を書く著者の愉快なエッセイ集。

ウィーダ
村岡花子訳
フランダースの犬
ルーベンスに憧れるフランダースの貧しい少年ネロは、老犬パトラシエを友に一心に絵を描き続けた……。豊かな詩情をたたえた名作。

T・ウィリアムズ
小田島雄志訳
ガラスの動物園
不況下のセント・ルイスに暮す家族のあいだに展開される、抒情に満ちた追憶の劇。斬新な手法によって、非常な好評を博した出世作。

カフカ
高橋義孝訳
変　身
朝、目をさますと巨大な毒虫に変っている自分を発見した男——第一次大戦後のドイツの精神的危機、新しきものの待望を託した傑作。

L・キャロル
矢川澄子訳
金子國義絵
不思議の国のアリス
チョッキを着たウサギ、チェシャネコ、ハートの女王などが登場する永遠のファンタジーをカラー挿画でお届けするオリジナル版。

L・キャロル
矢川澄子訳
金子國義絵
鏡の国のアリス
鏡のなかをくぐりぬけ、アリスはまたまた奇妙な冒険の世界へ飛び込んだ——。夢とユーモアあふれる物語を、オリジナル挿画で贈る。

W・B・キャメロン
青木多香子訳
名犬ベラの650kmの帰宅
愛する人の家を目指し歩き始めた子犬のベラ。道中は苦難の連続、でも諦めない。二年に及ぶ旅の結末は。スリルと感動の冒険物語！

グリム
植田敏郎訳
白雪姫
—グリム童話集（I）—
ドイツ民衆の口から口へと伝えられた物語に愛着を感じ、民族の魂の発露を見出したグリム兄弟による美しいメルヘンの世界。全23編。

グリム
植田敏郎訳
ヘンゼルとグレーテル
—グリム童話集（II）—
人々の心に潜む繊細な詩心をとらえ、芸術的に高めることによってグリム童話は古典となった。「森の三人の小人」など、全21編を収録。

グリム
植田敏郎訳
ブレーメンの音楽師
—グリム童話集（III）—
名作「ブレーメンの音楽師」をはじめ、「いばら姫」「赤ずきん」「狼と七匹の子やぎ」など、人々の心を豊かな空想の世界へ導く全39編。

テリー・ケイ
兼武　進訳
白い犬とワルツを
誠実に生きる老人を通して真実の愛の姿を美しく爽やかに描き、痛いほどの感動を与える大人の童話。あなたは白い犬が見えますか？

サン＝テグジュペリ
河野万里子訳
星の王子さま
世界中の言葉に訳され、子どもから大人まで広く読みつがれてきた宝石のような物語。今までで最も愛らしい王子さまを甦らせた新訳。

C・ドイル
延原　謙訳
バスカヴィル家の犬
爛々と光る眼、火を吐く口、全身が青い炎で包まれているという魔の犬——恐怖に彩られた伝説の謎を追うホームズ物語中の最高傑作。

吾《わが》輩《はい》も猫《ねこ》である

新潮文庫　な－1－50

平成二十八年十二月一日発行
令和三年五月二十日八刷

著者　赤川次郎　新井素子　石田衣良　荻原浩　恩田陸　原田マハ　村山由佳　山内マリコ

発行者　佐藤隆信

発行所　株式会社新潮社
郵便番号　一六二―八七一一
東京都新宿区矢来町七一
電話　編集部（〇三）三二六六―五四四〇
　　　読者係（〇三）三二六六―五一一一
http://www.shinchosha.co.jp

価格はカバーに表示してあります。
乱丁・落丁本は、ご面倒ですが小社読者係宛ご送付ください。送料小社負担にてお取替えいたします。

印刷・大日本印刷株式会社　製本・株式会社植木製本所

© Jiro Akagawa, Motoko Arai, Ira Ishida, Hiroshi Ogiwara, Riku Onda, Maha Harada, Yuka Murayama, Mariko Yamauchi 2016 Printed in Japan

ISBN978-4-10-101050-2 C0193